Clorinda Matto de Turner

INDOLE
(Novela peruana)

edición de
Mary G. Berg

- STOCKCERO -

Matto de Turner, Clorinda
    Indole : novela peruana / edición literaria a cargo de: Mary G. Berg
    1a ed. - Buenos Aires : Stock Cero, 2006.
    164 p. ; 22x15 cm.

    ISBN 987-1136-43-9

    1. Narrativa Peruana. I. Berg, Mary G., ed. lit. II. Título
    CDD Pe863

1º edición: 2006
Stockcero
ISBN Nº 987-1136-43-9
Libro de Edición Argentina.

Hecho el depósito que prevé la ley 11.723.
Printed in the United States of America.

stockcero.com
Viamonte 1592 C1055ABD
Buenos Aires Argentina
54 11 4372 9322
stockcero@stockcero.com

Clorinda Matto de Turner

INDOLE
(Novela peruana)

A mis queridos amigos y colegas Ricardo Palma[1], Emilio Gutiérrez de Quintanilla[2] y Ricardo Rossel[3].

La autora

1   *Ricardo Palma*: (1833-1919) Escritor peruano. Periodista, poeta y agudo observador de su entorno, sus obra más conocida es la colección titulada "Tradiciones Peruanas" de relatos cortos que retratan con gracia e ironía las costumbres de la Lima colonial.

2   *Emilio Gutiérrez de Quintanilla*: (1858-1935) hombre de letras peruano, historiador (fue director del Museo Nacional de Arqueología, Antropología e Historia del Perú), crítico literario, fundador junto a Ricardo Palma de la Academia Peruana de la Lengua y novelista , autor de las novelas *El sargento Roldán, Peralvillo y Sisebuto, El Bachiller Sarmiento, Es el culantro para hervir?* y *El médico Zandajuela*.

3   *Ricardo Rossel*: (1841-1909) el tercero de estos tres amigos de Clorinda Matto que la apoyaron públicamente en sus momentos difíciles de 1890. Escritor y activista peruano, autor de leyendas, tradiciones, poesía y discursos, muy activo en el Club Literario y el Ateneo de Lima. Autor de *Catalina Tupac-Roca; leyenda tradicional peruana* (1879) y *Obras literarias* (1890) entre otras obras. Pronunció un discurso controversial en defensa de Clorinda Matto en la Cámara de Diputados el 10 de octubre de 1890: "Vengo en fin a ejercer un derecho y a cumplir un deber, protestando energicamente contra los actos públicos instigados por las autoridades eclesiásticas i tolerados por las autoridades políticas del Cuzco, contra el honor, la propiedad i la vida de la inteligente i distinguida escritora Clorinda Matto de Turner y su respetable familia. Vengo finalmente a pedir que se oficie por la H. Cámara al Señor Ministro de Gobierno, para que informe a la mayor brevedad posible sobre las medidas que ha tomado para castigar a los culpables de aquellos actos, en desagravio de la ley escarnecida y del orden público turbado." (del *Diario de los Debates* 1890, p. 883).

Indice

Segunda parte

PRÓLOGO

Miles de páginas de ensayos, cuentos y novelas de la escritora peruana Clorinda Matto de Turner reflejan su preocupación por su patria y por los ciudadanos de la nación peruana en los años problemáticos de las últimas décadas del siglo diecinueve. *Indole*[4] *(Novela peruana)*, publicada en Lima en 1891, describe y analiza el ficticio pueblo andino de "Rosalina" donde conviven terratenientes de ascendencia española, mestizos, e indígenas. Con ojo observador de buen periodista y costumbrista, Matto retrata a diversos personajes y su comportamiento, presentando con gran riqueza de detalle sus formas de hablar y vestir, sus casas y sus formas de relacionamiento. Como señaló Matto en el Proemio de su novela anterior, *Aves sin nido* (1889), para ella

> si la historia es el espejo donde las generaciones por venir han de contemplar la imagen de las generaciones que fueron, la novela tiene que ser la fotografía que estereotipe los vicios y las virtudes de un pueblo, con la consiguiente moraleja correctiva para aquéllos y el homenaje de admiración para éstas.

> Es tal, por esto, la importancia de la novela de costumbres, que en sus hojas contiene muchas veces el secreto de la reforma de algunos tipos, cuando no su extinción.[5]

El éxito de esta primera novela debe haber alentado a Matto, y en *Indole* otra vez describe y estudia el paisaje andino rural de los villorrios, sus habitantes, y los abusos del poder. Explora el estado de la nación enfocándose sobre los elementos que la unifican y los que le impiden reformarse moralmente. Aunque fue escrito después del desastre de la Guerra del Pacífico (1879-1883),

---

4   *Indole*: inclinación propia natural de cada uno.
5   Clorinda Matto de Turner, *Aves sin nido* [primera edición 1889]. Buenos Aires, Stock Cero, 2004, p. vii.

donde triunfaron los chilenos sobre los bolivianos y peruanos, lo cual hizo que los peruanos emprendieran una reevaluación de todo lo referente a la vida nacional, la acción de *Indole* transcurre en medio de los alborotos civiles a principios de 1858; al final se celebra la ocupación de Arequipa ese año por el ejército del Mariscal Ramón Castilla, cuyas tropas aparecen en su tránsito por el pueblito andino donde transcurre la novela. Una ironía no explicitada en el texto y sin embargo obvia para el lector peruano es la yuxtaposición de Arequipa, conocida como la ciudad más religiosa y conservadora del país con un tema importante de la novela: el anticlericalismo.[6] La segunda mitad del siglo XIX fue una época de grandes debates sobre el poder de la iglesia católica, y del rol que le correspondía en la vida nacional después del horror de la guerra con Chile, ya que los intelectuales peruanos se daban cuenta de que el país tenía que modernizarse. Matto participa activamente en los intercambios críticos librados en torno a ese tema, presentando en esta novela como personaje central a un cura corrupto, y a raíz de ello, explorando tanto las causas y los efectos de su comportamiento inmoral, como la problemática de fondo (tradición vs. modernización). [7] Además del escrutinio detallado del acontecer diario del pueblo y las clases sociales que viven allí, también hay mucha descripción de las mujeres, sus capacidades, sus creencias y su relación con la iglesia. Todo ello forma parte de la "imagen fotográfica" mediante la cual Matto anhela captar las realidades peruanas, a fin de discernir con mayor certeza cómo se debe avanzar hacia un futuro mejor.

---

6   Según explica Jeffrey Klaiber en *The Catholic Church in Peru 1821-1985: A Social History* que "In the constitutional convention of 1855-56, [the liberals] set out to eliminate some of the privileges the church still enjoyed, such as the tithes and the ecclesiastial *fuero*. They also proposed to separate the state and the church. This new attack provoked a wave of protest from the hierarchy, the clergy, and many of the faithful. Arequipa became the center of the antiliberal movement, which ended up forcing President Castilla to repudiate the more radical demands of the convention."[20] El Obispo Goyeneche de Arequipa le escribió a Castilla que "the bishops and priests of Peru could not in conscience swear loyalty to the new constitution. This act of defiance by the clergy was the most serious act of disobedience of the church to the state in all of Peru's history. The focal point of this antiliberal sentiment was Arequipa, which rose up in rebellion in November 1855 under General Manuel Ignacio Vivanco. Castilla found himself forced to lay siege to Arequipa for eight months to regain control of the situation. This mobilization of the church's followers to protest against the convention was the first of a series of actions that signaled the beginning of the 'Catholic cause' in Peru." [64] Este melodrama resultaría de gran interés para Clorinda Matto, católica y liberal.

7   Las dificultades de la iglesia se debían a muchos factores, entre éstos, según Klaiber, "the progressive dechristianization of the upper and middle classes, the result in part of campaigns carried out by liberals, positivists, and Marxists, and [...] a general secularization that manifested itself in a growing indifference toward religion and at times an open hostility toward the church" [44]. Ya en la época cuando se sitúa *Indole*, "by mid-century people began to associate the terms 'Catholic' with 'conservative', and 'anticlerical' with 'liberal'" [47] y apenas un año después, se promulgó una ley según la cual los clérigos serían tratados como cualquier empleado civil o militar, cobrando el sueldo no de sus parroquianos, sino del estado. Sigue Klaiber: "by the decade of the fifties the liberals sought to reduce or eliminate the church's social and economic privileges. It is not a coincidence that the abolition of the tithes (1859) and ecclesiastical exemption from civil proceedings (1856) corresponded to the beginnings of modern capitalism in Peru [...] the church represented an obstacle in the way of change. [62]

LA AUTORA

Grimanesa Martina Mato Usandivaras, quien después se llamara Clorinda Matto, nació en Cusco, Perú, el 11 de noviembre de 1852. Fue hija de Grimanesa Usandivaras y de Ramón Mato, dueños de una pequeña hacienda llamada Paullo Chico, donde la autora y sus dos hermanos, David y Daniel, pasaron la mayor parte de su infancia. Años después, en sus escritos, Matto describiría muchas veces la belleza de la vida del campo allí, recurriendo a recuerdos concretos de hechos y personas. Su permanente interés por el bienestar de la población indígena así como su dominio de la lengua quechua también se arraigan en aquellas experiencias tempranas. Obtuvo su educación formal en Cusco, en el Colegio Nacional de Educandas, escuela que se haría a ser famosa por su laicidad y su excelencia académica. A los catorce años ya editaba un periódico estudiantil y también escribía escenas sueltas de teatro que se representaron entre amigos. En 1862 murió su madre, y en 1868 ella abandonó la escuela para ayudar con el manejo de la casa y para cuidar a su padre y a sus dos hermanos. El 27 de julio de 1871 Matto se casó con Joseph Turner, médico y empresario inglés, y se fue a vivir a Tinta, no lejos de Cusco, pueblo que describe en *Indole*, donde tambien figura la hacienda de "Palomares", parecida al Paullo Chico de su niñez. Para ese entonces y bajo diversos seudónimos –"Lucrecia", "Betsabé", "Rosario" y "Carlota Dimont" (este último lo siguió usando durante toda su vida)– Matto ya publicaba poesía y prosa en periódicos cusqueños como *El Heraldo, El Mercurio, El Ferrocarril* y *El Eco de los Andes*. Al principio, su interés se centraba en la emancipación y educación de las mujeres, y el trato a los ciudadanos indígenas, pero pronto empezó a escribir leyendas y bocetos históricos, y tradiciones cusqueñas en el estilo de los artículos de costumbre, ya bien conocidos, de sátira risueña, de Ricardo Palma, entre otros autores de la época. En 1876, empezó a publicar *El Recreo de Cuzco*, revista semanal de literatura, ciencia, artes y educación, en la cual aparecen muchos artículos suyos.

En 1877, cuando Matto fue de visita a Lima, recibió una cordial acogida y fue invitada a una serie de reuniones y festejos literarios, entre ellos al prestigiado salón de Juana Manuela Gorriti, escritora argentina muy conocida que en aquella época residía en el Perú[8]. Gorriti organizó una reunión literaria en honor de Matto, y entre los que participaron estaban la propia Gorriti, Mercedes Cabello de Carbonera, y Ricardo Palma; con el tiempo, todos

---

8   Sobre la importancia de los salones, o veladas literarias, se puede consultar el estudio de Francesca Denegri, *El abanico y la cigarrera: La primera generación de mujeres letradas en el Perú 1860-1895*. Lima: IEP/Flora Tristán, 1996.

estos escritores serían buenos amigos. En 1879, durante los primeros años de la guerra con Chile, Matto apoyó activamente la causa del patriota mestizo Andrés Avelino Cáceres[9] quien, con soldados *montoneros* indígenas, defendió la región peruana de los Andes. La casa de Clorinda Matto y Joseph Turner en Tinta sirvió como hospital de guerra y, además de recolectar fondos para la guerra, Matto organizó un sistema de ambulancias. En 1880 salieron sus dos primeros libros, una biografía y una colección de textos cortos (*Hojas de un libro: Leyendas, tradiciones y biografías por Clorinda Mato de Turner,* este último título antes que agregara otra *t* a su apellido, como homenaje al idioma quechua, donde hay consonantes dobles).

Joseph Turner murió en marzo de 1881, momento en que la guerra transitaba por su etapa más caótica, dejando a su viuda en una situación económica francamente difícil; ello se refleja en la amenaza de bancarrota que pesa sobre Antonio López en *Indole*, donde constituye uno de los elementos principales. Matto trató de solventar deudas por medio de diversas empresas comerciales, pero en 1883 se mudó a Arequipa, como jefa de redacción del diario importante, *La Bolsa*. Gran número de sus primeros artículos y editoriales en *La Bolsa* son exhortaciones patrióticas dirigidas a la nación peruana, pidiendo unidad y una pronta resolución de sus problemas. Matto escribió también sobre comercio y agricultura, inmigración, problemas indígenas y educación, esto último con una preocupación especial por las mujeres. En 1884, publicó como libro de texto una antología literaria para mujeres, a fin de alentar a las jovenes a seguir el ejemplo proactivo de Santa Teresa y otras.

Un tomo de ensayos y bosquejos históricos de Matto, *Perú–Tradiciones cuzqueñas*, publicado en Arequipa en 1884, con prólogo de Ricardo Palma, la consagró como autora nacional de importancia. *Hima-Sumac* (1892), su única obra teatral, fue estrenada en Arequipa el 16 de octubre de 1884 y después en Lima en 1888: se trata de un melodrama de amor y traición, que celebra la heroica rebelión en 1780 de Túpac Amaru (quien fue derrotado), y lamenta en forma extremadamente conmovedora la opresión, por parte de los españoles, de los indígenas. Un aspecto bien interesante de esta obra es que omite toda mención de Micaela Bástidas, la dinámica esposa de Túpac Amaru, quien organizó gran parte de su campaña, y murió junto a él, ultimada por los españoles: hay que prestar atención a las omisiones y los silencios de Clorinda Matto.

En 1886 Matto se mudó a Lima, donde se residía su hermano David, quien había obtenido título de médico cirujano en 1885 y ejercía la presidencia de la Unión Fernandina. Matto se incorporó a las reuniones literarias del

---

9   *Andrés Avellino Cáceres* (1833-1923), militar y político peruano republicano, héroe de la Campaña de Tarapacá y otras campañas durante la Guerra del Pacífico con Chile en 1879, presidente del Perú 1886-90. Su primer momento de gran visibilidad como héroe fue en la toma de Arequipa en 1858 (escenario del final de *Indole*) cuando, como integrante del batallón *Ayacucho* del ejército de Ramón Castilla, logró plantar la primera bandera de los Castillistas en el conventillo de San Pedro. Allí fue herido en combate, recibiendo una bala debajo del ojo izquierdo. Aunque perdió la vista en ese ojo, Castilla lo ascendió a capitán efectivo, y así empezó su destacada carrera militar. Para más detalles, se puede consultar Buenaventura G. Seone y Guillermo Seoane García, "Cáceres, Andrés Avelino" *El biógrafo americano Tomo I.* Lima: Librería Escolar, Impr. E. Moreno, 1903, 289-329.

Ateneo y del Círculo Literario, salón al que asistía Manuel González Prada, orador y escritor cuyas ideas sobre el progreso, el espíritu nacional, la educación de los indios y el anticlericalismo influirían profundamente en ella, aunque los dos no siempre estuvieron de acuerdo. Matto siguió escribiendo artículos y narraciones, y en 1889 asumió la dirección de *El Perú Ilustrado*, la revista literaria más importante de Lima en su época. En 1889 publicó dos libros, uno de ellos una serie de descripciones histórico biográficas, *Bocetos al lápiz de americanos célebres*, y la otra, *Aves sin nido*, una ambiciosa novela de fuerte crítica a la corrupción existente en un pueblecito andino. Casi en seguida esta novela, donde la familia simbólicamente ideal de la nación se compone de padres blancos, una hija mestiza, y una hija indígena, le trajo grandes aplausos y gran notoriedad.

En *El Perú Ilustrado,* Matto publicó la obra de muchos escritores importantes, entre éstos, Rubén Darío, Manuel González Prada, y varios de los integrantes del grupo literario que se reunía permanentemente en su casa. El 23 de agosto de 1890, en *El Perú Ilustrado* se publicó (sin autorización de Matto, según ella aclaró posteriormente, pues ese día había estado enferma) un cuento basado en la vida de Cristo, escrito por el brasileño Henrique Maximiano Coelho Netto, que enfureció a muchos lectores; éstos opinaron que se había difamado a Cristo pues en el cuento se aludía a su atracción sexual por María Magdalena. El arzobispo de Lima prohibió que se leyera, vendiera o hablara de la revista, alegando que hacerlo era pecado mortal. Se acusó a la revista y luego también a *Aves sin nido* de haber difamado a la Iglesia.[10] La

---

10   Es importante tener en cuenta que justamente en 1889, cuando salieron *Aves sin nido* y "Magdala", textos que hablaban, respectivamente, de la sexualidad desenfrenada de un cura, y la de Cristo, en Lima (y otras ciudades peruanas, entre éstas, Arequipa siempre la más conservadora y tradicional) se vivía el melodrama del caso Penzotti. Francisco G. Penzotti fue un misionero metodista italiano que llegó al Perú en 1888 en representación de la American Bible Society de Nueva York para vender sus biblias. Francisco Penzotti y otros fueron encarcelados en Arequipa en 1889, denunciados por el Obispo Huerta, quien defendía la catolicidad de los embates de los "enemigos del Perú" a los que se acusaba de "propagandizar libros inmorales y corruptores" y "propagar ideas heréticas" (Fernando Armas Asín, *Liberales, protestantes y masones. Modernidad y tolerancia religiosa. Perú, siglo XIX*. Cusco: Centro de estudios regionales "Bartolomé de las Casas", 1998, p. 153). Presionado por ciertos liberales en Lima empeñados en atraer inmigrantes europeos al Perú, el presidente ordenó la liberación de los metodistas. Pero la polémica se fue intensificando, no sólo en Arequipa sino en Lima y el Callao, dando lugar a diversos actos de violencia. En julio de 1890, Penzotti fue detenido de nuevo en el Callao. Durantes los meses siguientes, más y más personas y grupos intervinieron a su favor y en su contra. Fue justamente en ese ambiente de intolerancia violenta que "Magdala" salió publicado en *El Perú Ilustrado*. El juez civil absolvió a Penzotti en noviembre, pero su caso pasó a la Corte Suprema. Hubo más manifestaciones, intervención de la American Bible Society y del U.S. State Department, y gran cobertura periodística en el mundo entero; hasta intervino la reina Victoria desde Londres. Penzotti fue absuelto por la Corte Suprema en marzo de 1891. En ese momento Clorinda Matto publicó *Indole*, y, naturalmente, como cuenta Armas Asín, el clero reaccionó con virulencia. (161) Tras décadas de debate, seguían sin resolverse las tensiones entre diversos grupos modernizadores que, baje el auge de la filosofía positivista de Spencer y Comte fomentaban lo que Klaiber llama "the aggressive antireligiosity of the period", y otros grupos que apoyaban a la iglesia tradicional. "For the generation of the nineties, " dice, "the church, church bells, *beatas* (pious laywomen), processions, and antiliberal priests all symbolized the colonial heritage that weighed heavily upon the present" [71]. No había verdadera separación de estado e iglesia (aunque se habían implementado ciertas reformas, no habría

controversia fue acrecentándose. El arzobispo excomulgó a Matto, hubo manifestaciones públicas a favor de ella y en contra, en Cusco y Arequipa fue quemada su efigie, y *Aves sin nido* quedó incluído en la lista de libros prohibidos por la Iglesia católica. Pero Matto y *El Perú Ilustrado* tenían muchos defensores, y el 7 de julio de 1891, la prohibición episcopal del periódico fue levantada en función de las múltiples promesas de Pedro Bacigalupi, dueño de la revista, quien se comprometió personalmente a censurar su contenido. Cuatro días después, Matto renunció a su cargo de editora y directora.

El año siguiente, Matto publicó *Indole*, su segunda novela, donde de nuevo describe a un sacerdote corrupto y lujurioso y coloca en tela de juicio la moralidad y la ética de diversos sectores de la sociedad: las autoridades militares, civiles, y ecclesiastícas, pero también cada individuo, que tiene como deber el ser buen ciudadano. La autora critica dura y abiertamente el comportamiento del cura, y asimismo a la Iglesia por sus exigencias de castidad (cosa que, según Matto, es anti-natural e insostenible no tratándose de santos), y por seleccionalar, entrenar y vigilar a los curas en forma defectuosa.[11] A diferencia de *Aves sin nido*, donde la comunidad es totalmente disfuncional y casi todos explotan o son explotados, y donde la vida del pueblo, lleno de "notables" corruptos, se halla constantemente trastornada por la llegada de "forasteros", en *Indole* la vida del pueblo es más estable, la gente generalmente se quiere y se lleva bien, y los problemas que surgen parecen posibles de solución (o por lo menos, llevaderos). No obstante, la crítica acerba de la inmoralidad clerical en las dos novelas ofendió a muchos defensores de la Iglesia católica.

En 1891, Matto aumentó sus actividades políticas, defendiendo a Andrés Avelino Cáceres[12], su amigo de toda la vida, y atacando a Nicolás de Piérola en las páginas de *Los Andes*, una nueva publicación quincenal que Matto fundó y dirigía. Con el respaldo de su hermano David, ella abrió una imprenta feminista y repartió una muestra que decía: *Muestrario de la imprenta "La Equitativa", servida por señoras, fundada en febrero de 1892 por Clorinda Matto de Turner*. En esas instalaciones Matto imprimió su periódico, su próximo libro, *Leyendas y recortes* (1893), y también la obra de otras escritoras.

libertad de cultos en el Perú hasta 1915). Era ilegal predicar públicamente las doctrinas de ninguna iglesia que no fuera la católica. Los católicos conservadores hablaban de conservar el orden social, mantener la estabilidad interna, garantizar que toda la "nación" compartiera la fe y la moralidad católicas. Los asuntos pendientes entre las dos partes (iglesia-nación, imigración, tolerancia frente a los extanjeros, cambios modernizantes) −por algo en las novelas de Clorinda Matto abundan los telégrafos, los ferrocarriles, las pilas de Volta, las máquinas de coser, los nuevos productos importados− estallaron por fin en 1890.

11   Se trata de un momento histórico de crisis para la iglesia tradicional, no sólo porque fuera incapaz de modernizarse, sino también porque sufría econónomicamente y no lograba reclutar suficientes curas. Según Klaiber, "in 1790 there were 711 religious priests in Lima, but in 1857 that number had dropped to 155 [...] At the time of independence many religious were expelled or executed because they were Spanish or supported Spain [...] Finally, the Peruvian liberals [...] made the religious way of life a special target of their reformist plans" [41-43].

12   Andrés Avelino Cáceres, en apoyo de cuya causa Matto había trabajado durante sus años en Tinta, fue Presidente de la República Peruana de 1886 a 1890. En 1895, fue reelecto, en parte debido al respaldo que Matto le brindó desde las páginas de su periódico *Los Andes*.

La novela *Herencia*, una crítica acerba sobre la fragmentación y desintegración moral de la sociedad limeña, apareció a principios de 1895. En marzo de ese año, las fuerzas de Piérola entraron en Lima y tras días de lucha, tomaron el poder. Más adelante, Matto describiría los horrores vividos en aquellos días. Su casa fue destruída, su imprenta saqueada y sus manuscritos extraviados. El 25 de abril de 1895, Matto huyó a Chile, donde fue recibida con gran cariño. Después se dirigió a la Argentina, radicándose en Buenos Aires. Ahí dió clases en la Escuela Comercial de Mujeres, la Escuela Normal de Profesoras y otras escuelas, tradujo libros del Nuevo Testamento al quechua (esto, por encargo de la American Bible Society, que tuvo un rol protagónico en el caso Penzotti de 1890-91), y siguió escribiendo artículos para diversas publicaciones. Colaboró en los diarios *La Nación, La Prensa, La Razón* y *El Tiempo* y en varias revistas de importancia. Fundó y editó el *Búcaro Americano*, una revista general que dedicó mucho espacio a temas sociales y literarios y salió entre 1896 y 1909. En 1904 *Aves sin nido* salió en inglés traducida y algo modificada por J.G. H. Hudson; en la traducción, el pesimismo del final frente a la posibilidad de reforma social da paso a una visión más optimista, con el objetivo de atraer inversiones y misionarios al Perú[13].

En 1908 Matto recorrió gran parte de Europa y escribió un diario, con las impresiones de su viaje por Italia (donde tuvo audiencia con el Papa), Suiza, Alemania, Inglaterra, Francia y España (donde dictó conferencias sobre Argentina y Perú). A finales de ese mismo año regresó a Buenos Aires y aunque estaba bastante enferma, terminó el libro de comentarios sobre sus impresiones de Europa, *Viaje de recreo* (1909); poco después, el 25 de octubre de 1909. murió de pulmonía, en una clínica de Buenos Aires. Legó parte de sus bienes al Hospital de Mujeres de Cusco, y donó su biblioteca al Concejo de Educación de Buenos Aires.

A pedido del entonces presidente y del Congreso del Perú, los restos de Clorinda Matto de Turner fueron repatriados en 1924 y están enterrados en Lima. Hay decenas de escuelas peruanas y argentinas que llevan su nombre.

INDOLE

Las preocupaciones principales de Clorinda Matto de Turner fueron siempre la moralidad, la igualdad, y la justicia para todos. Ella pensaba que los novelistas, al igual que los periodistas, debían señalar las injusticias de la

---

13   Esta traducción ha sido reeditada, siguiendo más de cerca el texto original: *Birds Without a Nest: A Story of Indian Life and Priestly Oppression in Peru*, traducido por J.G.H.Hudson, prol. y enmendado por Naomi Lindstrom. Austin: U Texas Press, 1996. También hay una nueva traducción al inglés: *Torn From the Nest*, ed.y prol. Antonio Cornejo Polar, traducido por John H.R.Polt. Oxford: Oxford U Press, 1998.

sociedad y reclamar reformas. Fue profundamente patriótica y alentó la cre-ación literaria en torno a temas específicamente peruanos; abogó por una li-teratura que describiera la vida, las costumbres y el patrimonio de su tierra natal. Sus *Tradiciones cuzqueñas* arraigaban en el folklore del país y en la his-toria colonial de Cusco. La mayoría de sus ensayos hablaban de realidades, personas, y situaciones típicas del Perú. Hasta los subtítulos de sus novelas ("Novela Peruana" en los tres casos) indican que se esforzaba por captar as-pectos de la realidad inmediata de su patria. A lo largo de su vida, Matto apoyó activamente muchas causas políticas y sociales. Desde el inicio de su ca-rrera hasta su muerte, manifestó especial interés en reformar la educación de las mujeres, mejorar la situación de la población indígena de los Andes, y poner fin a la corrupción de la Iglesia católica –eso es, en causas que la vin-culaban con los liberales reformadores de la época.

Como novelista peruana, Matto no fue la primera ni la única en de-nunciar a los curas corruptos o venales. Entre las *Tradiciones peruanas* de su amigo Ricardo Palma hay varias que tratan la lujuria de los curas en forma satírica. Y hay varios textos basados en un hecho notorio, el asesinato, en Cusco en 1836, de una tal Angela Barreda por su ex-confesor, el padre Eu-genio Oros. Dicho crimen fue ficcionalizado por Ricardo Palma (en "El padre Oros" de 1837), luego en forma más extensa por Narciso Aréstigui en *El padre Horán* (1848), novela muy elogiada por Clorinda Matto[14]. Hay otros muchos textos de la época en los que se denuncian escándalos clericales y se critica a las *beatas*, o mujeres excesivamente religiosas, entre éstos varios de Manuel González Prada, otro amigo de Matto.

La primera parte de *Indole* describe los tres grupos que habitan el pue-blito de Rosalina: los *notables*, terratenientes de ascendencia española[15], radi-cados allí por muchas generaciones; los mestizos, que cultivan propiedades pequeñas o trabajan en las casas o empresas de los *notables*; y los indígenas, quienes –si bien no se individualizan mucho– son una presencia permanente, ya sea como sirvientes, soldados, mensajeros o víctimas del abuso de poder, porque, como comenta Valentín en la novela "el indio envuelto en la noche de la ignorancia no sabe leer ni entiende el castellano." [44] Los personajes que representan el poder eclesiástico (el cura Peñas) y judicial/policial (el Sub-prefecto Intendente, don Cayetano de Quezada) dictan las pautas de religión y derecho civil y son respetados por los demás habitantes de Rosalina, a pesar de sus debilidades personales. Al Subprefecto se le describe como "un sar-gento mayor retirado del servicio activo, por causa de una herida de sable que recibió en la pierna izquierda en la gloriosa jornada de Junín" [138] (batalla determinante en la lucha por la independencia), y resulta ser un caballero justo y severo, observador escrupuloso de la ley.

Si en la primera parte de la novela se retrata, persona por persona, a los habitantes del pueblo andino, en la segunda parte el panorama se hace más

---

14   En *El Perú Ilustrado*, #173, 30 de agosto, 1890. *Indole* está dedicado a Ricardo Palma y otros dos escritores amigos que le brindaron su apoyo en estos años difíciles.

15   En *Indole*, tres de los cuatro *notables* figuran como blancos, pero de Don Valentín se co-menta que tiene "la piel cobriza" [6] y que "sus pómulos habían tomado el tinte aceituno que las grandes emociones dan a la raza indígena". [34]

amplio, y abarca la política nacional del Perú en 1858 (si bien con mirada re-
trospectiva, ya que la autora se muestra conocedora de los sucesos de la Guerra
del Pacífico [1879-83] y la reconstrucción posterior del país destrozado). El
batallón *Charansimi,* que pasa por Rosalina antes de entrar en Arequipa bajo
el mando del Gran Mariscal Ramón Castilla,[16] le permite al cura escaparse
del pueblo donde se ha deshonrado e, irónicamente, le premia su breve servicio militar, aclamándolo como "patricio ejemplar y como varón santo" [137],
aunque es todo lo contrario. Se trata de una de las contradicciones de la época,
señala Clorinda Matto; en momentos de alboroto y de transición, se juzga demasiado por las apariencias, y hay quien se aprovecha de las circunstancias.
De ahí la importancia de los ojos penetrantes de:

> el novelista observador que, llevando el correctivo en los puntos de su
> pluma, penetra los misterios de la vida, y descorre ante la multitud ese
> denso velo que cubre los ojos de los moradores ciegos y fanatizados a un
> mismo tiempo.
>
> El novelista de sana intención, llevado en alas de la moral social, en
> nombre de las mismas instituciones que deben depurarse a medida que
> el progreso se extiende.
>
> En el Perú no existe, sin embargo, el temor del correctivo retocado por
> el romance, porque todavía la novela trascendental, la novela para el
> pueblo y para el hogar, no tiene ni prosélitos ni cultivadores. Y a juzgar
> por el grado de los adelantos morales ¡ay de aquella mano que, enris-
> tando la poderosa arma del siglo, la tajante pluma, osara tasajear velo y
> tradición!
>
> Los pueblos se moverían para condenarla en nombre del cielo prometido
> a los pobres de espíritu. (137)

Clorinda Matto define aquí su misión de periodista/novelista. Quiere escribir "para el pueblo y para el hogar", retratando a los diversos tipos de peruanos que ve a su alrededor, y hablando de sus dilemas morales. Algo
amargada porque en el momento de publicar *Indole* (1891) se encuentra con-
denada "en nombre del cielo" por su crítica de elementos corruptos, y su
apoyo a los pensadores anti-clericales, liberales, y reformistas de la nación,
Matto no se da por vencida: armada de su "tajante pluma", en esta novela
nos brinda la radiografía y disección de un pueblo andino. Y aspira a ser leída
por ese pueblo andino. La pareja mestiza que ocupa el centro ideológico de
la novela, como imagen simbólica de los nuevos ciudadanos del país moder-
nizado, está integrada por la joven Ziska, bella, inocente y moral, hija de
padres casados, y por

16   *Ramón Castilla* (1767-1867), hijo de padre español y madre indígena, inició su carrera
     militar en las filas del ejército español luchando contra los independentistas, pero después
     se puso de lado de San Martín, y en 1824, ingresó en el ejército de Simón Bolívar donde
     tomó parte en la batalla de Ayacucho, por medio de la que Perú consiguió la indepen-
     dencia. Hizo carrera política como gobernador, ministro, y presidente (1845-51 y 1854-
     62), siendo figura dominante en el país desde 1844 hasta su muerte en 1868. Organizó
     las primeras exportaciones de guano, producto al que el Perú de entonces debía una
     parte considerable de su prosperidad económica. Durante su gobierno, se construyó el
     primer ferrocarril, se abolió la esclavitud, y se suprimió el tributo indígena.

un joven mestizo que se llama Ildefonso, nombre que los de intimidad han hecho breve dándole además diminutivo, y el tal se dice Foncito.

Como en el curso de esta historia hemos de ver a cada paso a Foncito y tal vez simpatizar con él, por su corazón de oro y su ternura de afectos, conviene presentarlo con unas cuantas pinceladas. Su madre fue una india lugareña que ganó el afecto de un caballero llegado a la villa con bastón de mando, de cuyo conocimiento nació Ildefonso, criado en esfera un si es no es decente. Recibió instrucción primaria, así es que sabía leer y rubricar; porque decir que tenía letra perfilada sería calumniarlo, lo que no se opone a dejar constancia de que las novelas publicadas en folletines eran gustadas por Ildefonso.

De estatura alta, espigado y de salud a toda prueba de epidemias, Ildefonso tiene un carácter comunicativo y afable, pero en el fondo es calculador como un banquero yankee, con un personal seductor. [5-6]

Con estas palabras, se nos indica que Foncito es querido, que los que lo conocen admiran sus cualidades positivas, que su nacimiento probablemente ilegítimo (que nunca se menciona en su detrimento en el libro) es aceptado. Su madre es oriunda de este pueblo, donde casi todas las familias han residido durante muchas generaciones. Foncito asistió a la escuela y sabe leer y escribir, aunque no es lector del *Quijote* sino de novelas folletinescas. Es físicamente sano, cosa importante en una época en la que se debatían cuestiones de salud y muchas debilidades físicas se achacaban a la herencia. Alto y atractivo, saca provecho de sus circunstancias con la habilidad de un banquero *yankee* (afirmación interesante en la medida que el único personaje norteamericano que aparece en *Indole* es borracho y marginal) – Foncito dice de Ziska que "lava y plancha como una gringa"[45]. No es servil, es adaptable, justo en su comportamiento con las mujeres (en vez de intentar seducirla, se casa con su novia por la iglesia), inteligente en su trato con los *notables* y con el clero, respetuoso de la ley y de la iglesia. Parece simbolizar para Matto el ciudadano ideal de la nación en construcción. En *Indole*, aunque se describe con gran cariño a los protagonistas indígenas, éstos suelen ser sirvientes humildes de las casas ricas, soldados del ejército, o víctimas (por su pobreza y su falta de poder) de las maniobras del cura[17]. Y a los *notables* del pueblo, que nacen con todas las ventajas, se los describe como débiles, en general de "buena índole" pero incapaces de construir una nueva nación sana. En relación a esto, Matto señala su falta de hijos. Ziska y Foncito, en cambio, cuyo casamiento ocupa el centro del libro, esperan montones de hijos, nuevos ciudadanos mestizos y sanos.

El título de la novela, como la de la novela siguiente, *Herencia*, acusa in-

---

17 Siempre atenta a la forma de vestir de las diversas clases sociales, como indicio de sus gustos y aspiraciones, Matto se fija constantemente en los zapatos, el pelo, y otras minucias. De un joven *pongo* indígena comenta que es "un indio joven, alto, delgado y ágil que vestía calzón de chupa, chaleco de bayeta grana y casaca azul. Su larga, negra y cerdosa cabellera estaba reunida hacia la nuca en una sola trenza, en cuyo remate colgaban finos hilos de vicuña tejida, a manera de cintillas, y sus pies completamente descalzos mostraban, en su ancha estructura y la separación relativa de los dedos, el no haberse sujetado nunca a la prisión del zapato." [134-5]

terés de Matto por las nuevas ideas positivistas y científicas de la época, la esperanza de poder entender la realidad en términos científicos precisos, y no sólo con referencia a la fe religiosa y la tradición. En las últimas décadas del siglo XIX, se hablaba mucho de las bases científicas, cuantificables, del comportamiento humano[18]. Matto nunca es contundente al respecto: se pregunta, baraja posibilidades –las diversas noticias del día, o la página de ciencia de un periódico, donde se ofrecen múltiples observaciones y teorías, sin tener que optar definitivamente por una u otra– y en último término, los vínculos entre la sicología de sus personajes y su comportamiento no se resuelven definitivamente. Para ella, es posible juntar estadísticas sobre los seres humanos (por eso, le interesan la frenología, nuevas "ciencias" como la eugenesia, las polémicas sobre la evolución, etc.), pero es difícil calcular el peso relativo de la herencia y del ambiente (el debate entre *nature* y *nurture* en inglés). Matto presta mucha atención a lo visible; emplea lo que ella llama la "observación fisiológico-moral"(42) y la descripción minuciosa, esperando así, entender más plenamente el comportamiento de sus personajes y la dinámica de su contexto social.

Las dos parejas de notables, Antonio y Eulalia, Valentín y Asunción, a cuyas peripecies la autora dedica el mayor número de páginas del libro, deberían ser –en función de sus ventajas económicas, su buena educación, y sus privilegios– los promotores de la modernización y la reforma nacional. Tienen "buena índole", es decir, tienden naturalmente hacia la virtud y la justicia. Y sin embargo, no están a la altura de lo que se les exige en lo social[19]. Tienen debilidades, resultan corruptos y vacilantes. La pareja principal, Antonio y Eulalia López, lucha por articular, luego por implementar, sus propios

18   Ver el comentario de Nancy Leys Stepan, en *"The Hour of Eugenics":Race, Gender and Nation in Latin America* (Ithaca: Cornell UP, 1991) El término "eugenesia" fue inventado en 1883 por el científico británico Francis Galton, "to encompass the social uses to which knowledge of heredity could be put in order to achieve the goal of 'better breeding.'[...] As a science, eugenics was based on supposedly new understanding of the laws of human heredity." [1] "In the last decades of the nineteenth century, eugenics emerged as an idea in many areas of Latin America as part of the debates about evolution, degeneration, progress and civilization. [...] Eugenics was important because it occupied the cultural space in which social interpretation took place, and because it articulated new and compelling images as health as a matter of heredity and race." [8-9] La eugenesia atribuía a diferencias biológicas y culturales de género y de raza las capacidades y salud de los ciudadanos. En sus artículos periodísticos, Matto comentó con frecuencia estas ideas. Al hablar de las inquietudes por el estado de la nación a fines del s. XIX, Stepan se refiere a su "widespread pessimism about modern life and its ills." "Anxiety about the future progress of society," dice, "was reinforced by unease about modernity itself. This anxiety provided the context in which a scientific movement of reform could develop." [24] Tal como lo vemos en el texto de Matto, comenta Stepan que "issues that are social and political in character get 'scientized'...so that they may claim an apolitical identity from which are later drawn highly political conclusions that have considderable authority precisely because they are based on apparently neutral knowledge." [25] "The new sciences were particularly attractive to the modern, secular, liberal intelligentsia, because they represented rational approaches to the natural and social world which were unencumbered by traditional religious consideration." [41]

19   La noción de "índole", o sea, inclinación a lo bueno/la bondad, remonta a las discusiones iniciales de la eugenesia; según Stepan, "enthusiasm for eugenics expressed by scientists, physicians, legal experts, and mental hygienists [in the late nineteenth century] must be seen as the culmination of a long process of intellectual and social transformation in the nineteenth century, in which human life was increasingly interpreted as being the result of natural biological laws." [21]

valores en un ámbito social que, a menudo, fomenta la hipocresía, prioriza las apariencias, y consiente hasta la conducta claramente delictiva. Cuando pierde su fortuna familial en empresas fracasadas, sin siquiera pensarlo, Antonio les oculta lo sucedido a Eulalia y a la comunidad. Se deprime y en lugar de asumir su desesperación, se refugia en la idea del suicidarse. Cuando su supuesto amigo, Valentín, intenta sacar provecho de la situación, involucrándolo en un plan para falsificar dinero, Antonio accede a aquello que le parece una solución en lo inmediato, sin pensar en las consecuencias a largo plazo. Eulalia, sabiendo que Antonio le oculta algo, busca refugio en la iglesia, pero en su ingenuidad obcecada[20], no percibe que el cura (al que ha conocido toda la vida) la desea sexualmente. A su vez Asunción, sintiéndose dejada de lado por Valentín, se refugia en una religiosidad excesiva y ciega (la ceguera parcial aflige a todos). El veneno de los secretos y las mentiras, y la importancia excesiva que se da a las apariencias, se difunden, contaminando todo y paralizando a los cuatro personajes que deberían, pero no pueden, encargarse del bienestar de la comunidad que los rodea. Tras desencuentros melodramáticos, escenas de reconciliación, y finalmente, fingiendo su inocencia ante la ley, Antonio y Eulalia fugarán a una Lima idealizada, "reina escondida entre minaretes y celosías" [140] que se han inventado: "Viviré contento allá donde se rinde culto al trabajo," declara Antonio, "donde uno puede confundirse entre cientos de personas, con garantías para el hogar, y sin que la vanidad y las exigencias sociales me empujen al camino de la estafa". [132] Obviamente, no sabe nada de la vida en la capital. Valentín y Asunción, que también sueñan en escaparse a Lima [21] tampoco han logrado vivir como deben; los rencores, las mentiras, y el culto a las apariencias los han destrozado, pero al igual que Antonio y Eulalia, y por mucho que se acusan mutuamente de iniquidades, se describen más bien como débiles que malos.

Clorinda Matto estructura su novela en torno a diversos contrastes y oposiciones que van desde la tensión entre buena "índole" y malas intenciones, hasta la que media entre dos hechos largamente descritos que se superponen en el tiempo de la narración: por una parte, la alegría de la fiesta de bodas de Ziska y Foncito y por otra, los peores momentos vividos por Antonio y Eu-

---

20   Matto describe a Eulalia como bella durmiente hasta cerca del final de la novela. De hecho, es una niña bella que despierta no cuando la besa un príncipe, sino cuando la ataca el cura. Está literalmente dormida al principio, luego sumida en un estado casi paralítico de indecisión. Se la ve comportarse como chiquilla, jugando a cocinera con su tortilla de espárragos, brincando mientras riega sus plantas, negándose a comprender las realidades que la rodean.

21   El propósito de Valentín al hacerse cómplice en el chantaje de Antonio es también reunir dinero suficiente para irse a Lima, "a esa llama de placer en cuyo torno revolotean las mariposas de la dicha, donde dicen que hay mujeres como sirenas, cocheros como caballeros, y caballeros como cocheros, donde se alza la gran mitra del Arzobispo, donde se reúnen los Congresos y se reparten los empleos de la Nación; donde existen clubs y logias ¡cáspita! que sé yo qué más" [26-27] También es probable que Clorinda Matto escribiera gran parte de esta novela antes de mudarse ella a Lima en 1886, ya que sitúa la acción de *Aves sin nido* e *Índole* en el pueblo de Tinta y uno de los temas de *Índole* es la bancarrota de Antonio, tan parecida a los problemas económicos de Joseph Turner durante sus años en Tinta.

22   Antonio Cornejo Polar, "Prólogo" a *Índole* de Clorinda Matto de Turner. Lima: Editorial Instituto Nacional de Cultura, 1974, p. 21. El mismo estudioso señala cómo "*Índole* ofrece una composición bimembrada. Sus niveles de representación se organizan en dos.

lalia. Rosalina es a la vez un lugar idílico cuyas costumbres, tradiciones y personajes típicos están descritos, al decir de Antonio Cornejo Polar[22], con "un despreocupado tono bucólico, ameno y sonriente" y el escenario de conflictos, debilidades y delitos. Así como en las páginas de un periódico, en esta novela coinciden noticias dispersas sobre eventos y personajes históricos, con detalles sobre modas y decoración de casas, recetas de cocina, con comentarios editoriales apasionados, descripciones costumbristas, con denuncias de inmoralidades notorias y lamentos por el triste estado de una sociedad que las consiente, fomenta y aún las glorifica. Si en *Aves sin nido* predominó la denuncia, en *Indole* Clorinda Matto templa sus denuncias dejando traslucir su gran amor por la sierra peruana, y su ternura hacia sus diversos habitantes: personas buenas y malas, admirables o no tanto, capaces o no de participar en el gran proyecto de modernización que obsesionaba a la autora y al país a fines del siglo diecinueve.

Mary G. Berg
Resident Scholar, Women's Studies Research Center,
Brandeis University

---

series. cuya norma de relación es con frecuencia opositiva" (p. 17) También escribe sobre "la bimembración del sistema narrativo" en "Lo social y lo religioso en Indole," incluido en su *Clorinda Matto de Turner, novelista*. Lima: Lluvia Editores, 1992, 75-90. Esta dualidad puede ser la oposición entre juicios y explicación, o sea entre tesis morales y descripción de las realidades del pequeño villorrio de la sierra peruana.

BIBLIOGRAFÍA

LIBROS PRINCIPALES DE CLORINDA MATTO DE TURNER:

Hojas de un libro: Leyendas, tradiciones y biografías. Huaraz: Imp. de "La Autonomía de Anchas", 1880.

Perú Tradiciones cuzqueñas. Arequipa: Imp. de "La Bolsa,"1884.

Tradiciones cuzqueñas. Tomo II. Lima: Imp. de Torres Aguirre,1886. Hay muchas ediciones subsiguientes que contienen selecciones diferentes. Dos recientes son: *Tradiciones cuzqueñas completas.* Lima: Peisa, 1976; y *Tradiciones cuzqueñas: Leyendas, biografías y hojas sueltas*. Cusco: Municipalidad del Cusco, 1997.

Aves sin nido (Novela peruana). Buenos Aires: Félix Lajouane, 1889 y Lima: Imprenta de Carlos Prince, 1889.

Bocetos al lápiz de americanos célebres. Lima: Peter Bacigalupi y Ca., 1889.

Elementos de Literatura según el Reglamento de Instrucción Pública para uso del bello sexo. Arequipa: Imp. "La Bolsa," 1889.

Indole (Novela peruana). Lima: TipoLitografia Bacigalupi, 1891.

HimaSumac. Drama en tres actos y en prosa. Lima: Imp. "La Equitativa, 1892.

Leyendas y recortes. Lima: Imp. "La Equitativa," 1893.

Herencia (Novela peruana). Lima: Imp. Masías, 1895.

Analogía. Segundo año de gramática castellana en las escuelas normales, según el programa oficial. Buenos Aires: n.p., 1897.

Apostolcunae ruraskancuna pananchis Clorinda Matto de Turnerpa castellanomanta runa simiman tticrasccan. Traducción al quechua del Evangelio de San Lucas y los Hechos de los Apóstoles. Buenos Aires y Lima: Sociedad Bíblica Americana, 1901. Tomos subsiguientes rindieron al quechua los evangelios de San Juan, San Pablo, San Marcos y San Mateo. Se publicaron en muchas ediciones en Buenos Aires, Nueva York y Lima.

Boreales, miniaturas y porcelanas. Buenos Aires: Imp. de Juan A. Alsina, 1902.

Cuatro conferencias sobre América del Sur. Buenos Aires: Imp. de Juan A. Alsina, 1909.

Viaje de Recreo. España, Francia, Inglaterra, Italia, Suiza, Alemania. Valencia: F. Sempere y Compañía, 1909.

FUENTES SECUNDARIAS ÚTILES PARA LA LECTURA DE INDOLE:

Armas Asín, Fernando. *Liberales, protestantes y masones. Modernidad y tole-rancia religiosa. Perú, siglo XIX*. Cusco: Centro de estudios regionales "Bartolomé de las Casas", 1998.

Basadre, Jorge. *Historia del Perú*. Lima: Editorial Juan Mejía Baca, 1980.

Berg, Mary G. "Feminism and Representation of the Feminine in the Novels of Clorinda Matto de Turner (Peru, 1852 1909)". *Phoebe: An Interdisciplinary Journal of Feminist Scholarship, Theory and Aesthetics* I, 3 (1990): 10-17.

_____. "Role Models and Andean Udentities in Clorinda Matto de Turner's *Hima-Sumac*" en *Studies in Honor of Denah Lida*. Ed. Mary G. Berg y Lanin A. Gyurko. Potomac MD: Scripta Humanistica, 2005, 297-305.

_____. "Pasión y nación en *Hima-Sumac* de Clorinda Matto de Turner" (1999) www.fas.harvard.edu/~icop/maryberg.html

_____."Presencia y ausencia de Clorinda Matto de Turner en el pa-norama literario y editorial peruano," in *Edición e interpre-tación de textos andinos*. Ed. José Antonio Mazzotti. Navarra: Univ. de Navarra/Vervuert, 2000: 211-229. Una versión abreviada se encuentra en www.evergreen.loyola.edu/~tward/mujeres/critica/berg-matto-presencia.htm

_____."Clorinda Matto de Turner" en *Las Desobedientes: Mujeres de Nuestra América*, ed. Betty Osorio and María Mercedes Ja-ramillo. Santafé de Bogotá: Editorial Panamericana, 1997, 131-159.

_____."Writing for Her Life: The Essays of Clorinda Matto de Turner" en *Reinterpreting the Spanish American Essay: Women Writers of the 19th and 20th Centuries* ed. Doris Meyer. Austin: U of Texas P, 1995, 80-89.

_____." Clorinda Matto de Turner" *Spanish American Women Writers*, ed. Diane Marting. Westport, CT.: Greenwood Press. 1990, 303-315. También en *Escritoras de Hispanoamérica*. Ed. Diane Marting y Montserrat Ordóñez. Bogotá, Colombia: Siglo XXI, 1991, 309-322.

Carrillo, Francisco. *Clorinda Matto de Turner y su indigenismo literario*. Lima: Biblioteca Nacional, 1967.

Castro Arenas, Mario. "Clorinda Matto de Turner y la novela indigenista". *La novela peruana y la evolución social*. Lima: Cultura y Libertad, 1965, 105-112.

Cornejo Polar, Antonio. *Clorinda Matto de Turner novelista. Estudios sobre Aves sin nido, Indole y Herencia*. Lima: Lluvia Editores, 1992. Incluye "Lo social y lo religioso en *Indole* de Clorinda Matto de Turner", originalmente en *Letras* (Lima) 86-87 (1977-79): 47-60.

_____. *Literatura y sociedad en el Perú: La novela indigenista*. Lima: Lasontay, 1980.

_____. *La formación de la tradición literaria en el Perú*. Lima: Cep, 1989.

_____. "Prólogo." *Indole*, de Clorinda Matto de Turner. Lima: Instituto Nacional de Cultura, 1974, 7-32.

Cuadros Escobedo, Manuel E. *Paisaje i obra. Mujer e historia: Clorinda Matto de Turner, estudio críticobiográfico*. Cusco: H. G. Rozas Sucesores, 1949.

Denegri, Francesca. *El abanico y la cigarrera: La primera generación de mujeres ilustradas en el Perú 1860-1895*. Lima: IEP/ Flora Tristán, 1996.

Fleet, Michael y Brian H. Smith, *The Catholic Church and Democracy in Chile and Peru*. Notre Dame IN: U of Notre Dame P, 1997.

FoxLockert, Lucía. "Contexto político, situación del indio y crítica a la iglesia de Clorinda Matto de Turner". *Texto/Contexto en la Literatura Iberoamericana: Memoria del XIX Congreso, Instituto Internacional de Literatura Iberoamericana*. Madrid: XIX Congreso IILI, 1981, 89-93.

García Jordán, Pilar. *Iglesia y poder en el Perú contemporáneo 1821-1919*. Cusco: Centro de estudios regionales andinos "Bartolomé de las Casas", 1992.

_____. "Progreso, inmigración y libertad de cultos en Perú a mediados del siglo XIX". *Siglo XIX: Revista de Historia*, Monterrey MX, 3 (enero-junio 1987), 37-61.

Klaiber, Jeffrey, S.J. *The Catholic Church in Peru 1821-1985: A Social History*. Washington DC: The Catholic U of America P, 1992.

Klaren, Peter Flindell. *Peru: Society and Nationhood in the Andes*. Oxford: Oxford UP, 2000.

Kristal, Efraín. "The Political Dimension of Clorinda Matto de Turner's *Indigenismo*". *The Andes Viewed From the City: Literary and Political Discourse on the Indian in Peru 1848 1930*. New York: Peter Lang, 1987, 127-161.

Mallon, Florencia E. *The Defense of Community in Peru's Central Highlands: Peasant Struggle and Capitalist Transition, 1860-1940*. Princeton: Princeton UP, 1983.

Palacios Rodríguez, Paúl. *Redes de poder en el Perú y América Latina 1890-1930*. Lima: Universidad de Lima, 2000.

Peluffo, Ana. "El poder de las lágrimas: sentimentalismo, género y nación en *Aves sin nido* de Clorinda Matto de Turner". *Indigenismo hacia el fin del milenio: Homenaje a Antonio Cornejo-Polar*. Ed. Mabel Moraña. Pittsburgh: Biblioteca de América, Instituto Internacional de Literatura Iberoamericana, 1998, 119-138.

_____. "El indigenismo como máscara: Antonio Cornejo Polar ante la obra de Clorinda Matto de Turner". *Antonio Cornejo Polar y los estudios latinoamericanos*. Ed. Friedhelm Schmidt-Welle. Pittsburgh: Serie críticas, Instituto Internacional de Literatura Iberoamericana, 2002, 213-233.

Portugal, Ana María. "El periodismo militante de Clorinda Matto de Turner". *Mujeres y género en la historia del Perú*. Ed. Margarita Zegarra. Lima: CENDOC, 1999.

Rodríguez-Luis, Julio. "Clorinda Matto". *Hermenéutica y praxis del indigenismo: La novela indigenista de Clorinda Matto a José María Arguedas*. Mexico: Fondo de Cultura Económica, 1980, 17-55.

Stepan, Nancy Leys. *"The Hour of Eugenics": Race, Gender, and Nation in Latin America*. Ithaca: Cornell UP, 1991.

Tauro, Alberto. *Clorinda Matto de Turner y la novela indigenista*. Lima: Universidad Nacional Mayor de San Marcos, 1976.

Villavitcencio, Maritza. *Del silencio a la palabra: breve historia de las vertientes del movimiento de mujeres en el Perú*. Lima: Flora Tristán, 1990.

Ward, Thomas. *La resistencia cultural: La nación en el ensayo de las Américas*. Lima: Editorial Universitaria, U Ricardo Palma, 2004.

Primera Parte

I

Sobre el escritorio de caoba estaban revueltos multitud de manuscritos, hechos con tinta de carmín y anotados en todas direcciones con lápiz azul. Al alcance del brazo, abiertos medio a medio, un *Libro Mayor*, un *Memorándum de Caja* y un *Copiador de Facturas*.

Los últimos restos de una bujía encendida al comenzar la noche, ardían en un candelero de plaqué [23] esmeradamente pulido con el roce de la gamuza, y cuando el residuo del pabilo, chisporroteando como quien da su adiós a la vida, se precipitó en el fondo de la candeleja, una voz varonil, algo temblorosa con la agitación que produce el excesivo trabajo y la preocupación de ánimo, dijo con desesperado acento:

—¡Esto es claro! ¡claro! ¡claro!…pero…¡qué oscuridad…!

Y una palmada en la frente, dada con el ademán del dolor, parecía repetir también la última frase: ¡oscuridad!

El que así se expresaba era un caballero envuelto en una ancha bata de paño azul marino que suelta hasta el tobillo, dejaba ver apenas unas cuantas líneas del pantalón claro, quedando perfectamente libres los pies calzados con botín de cuero inglés lustrado por el betún y el cepillo. Su cabeza cubierta por un gorrito de paño con franja del mismo material, trencillado con un galoncillo de seda hecho al pespunte de cadenilla, mostraba algunos bucles ensortijados de la cabellera que, sobre el albo cuello de la camisa quedaba como una franja de ébano. Su frente ancha, limpia y serena en otros tiempos, hoy estaba anublada por la duda amarga, o quizás por la realidad sin esperanza, revelando, en pequeñas arrugas, abiertas como el surco de la labor mental, los frecuentes combates de una vida accidentada.

Don Antonio López, que acababa de cumplir los treinta y nueve años de

23 *Plaqué*: enchapado, generalmente en plata.

su vida pasados en la felicidad relativamente amplia, estaba dedicado a la explotación de la cascarilla[24] y el retorno de Europa en mercaderías de fácil acomodo en el interior del Perú, como bayetas de Castilla[25], lampas[26] de aporque[27], panas de colores vivos, espejuelos y esmaltes de combinación; entró aquella noche en su escritorio, taciturno, caviloso, desconfiado de sí mismo, llevando en el cerebro una montaña de ideas ya amargas ya desesperantes.

Después de pasar la noche abismado en ese mar de números en que tantos buenos y honrados hombres zozobraron, muchas veces asesinados por un 8 mal escrito o un 5 mal sumado, don Antonio vio apagarse el resto de la bujía en su escritorio, y el último rayo de esperanza en su corazón, pronunciando las palabras que le hemos escuchado.

En toda la casa reinaba el silencio de las tumbas.

Por la mente del señor López acababa de cruzar un pensamiento siniestro, negro, tétrico como la palabra lanzada por su voz: ¡oscuridad!

Casi instintivamente llevó la mano al bolsillo de su ancha bata, del que sacó una caja de fósforos de la fábrica italiana "Excelsior" y encendió una cerilla, fijando la mirada en las figuras pintadas sobre la cajita de cartón. Representaban una de las escenas de *Otelo y Desdémona*.

La primera impresión parece que, con el destello de la luz, alumbró también las tinieblas del alma de don Antonio, porque sus labios se plegaron con ligera sonrisa, guardó la caja y con la cerilla encendida buscó algo entre los papeles en desorden. Tomó una pequeña llave y salió del escritorio.

Apenas hubo avanzado tres pasos, apagóse la cerilla y un bulto, medio encogido entre las alas del poncho de colores listados, se le llegó con paso tímido.

El señor López no se sorprendió con la aparición, y muy naturalmente dijo:

—Wilca, asegura las puertas y recógete.

—Sí, *wiracochay*[28], –repuso el aparecido que no era otro que Lorenzo Wilca, *pongo*[29] de la casa, fiel como el perro para el amo, fuerte para la vigilia como la lechuza, parco para la comida como criado con el uso de la coca[30], a las veces abyecto por la opresión en que ha caído su raza, pero ardiente para el amor, porque en su naturaleza prevalece aquel instinto de la primitiva poesía peruana, que llora en el ¡ay! de la quena, perdida en los pajonales de las sierras la opulencia del trono destruido en Cajamarca[31], y los brazos de la mujer adorada que rodearon el cuello de un extraño.

24 *Cascarilla*: (*Chinchona officinales*) árbol de la Quina, especie arbórea de cuya corteza desecada se extrae la quinina. En el Perú del Siglo XIX constituyó junto con el caucho una importante industria extractiva.

25 *Bayeta de Castilla*: tela de lana de tejido abierto.

26 *Lampa*: (quechua, idioma hablada en partes de Bolivia, Chile y Perú) azada, herramienta para el cultivo del suelo.

27 *Aporque*: labor de campo que consiste en cubrir con tierra ciertas hortalizas para que maduren correctamente.

28 *Wiracochay*: (quechua) dios de los incas, hijo del sol. Nombre que los indios dieron a los españoles de la Conquista. Tiene el significado de "caballero".

29 *Pongo*: Criado indio sirviente forzoso y gratuito de la casa parroquial y autoridades.

30 *Coca*: (quechua) *Erythroxylon coca* arbusto originario de Bolivia y Perú, donde mascar su hoja como energizante y para quitar el hambre ha sido costumbre ancestral.

31 *Cajamarca*: ciudad importante del Imperio del Tawantinsuyu, donde fue ejecutado Atahuallpa.

Don Antonio cruzó varios pasadizos, abrió una puerta con la pequeña llave y entró en una alcoba elegantemente amueblada.

Sobre la mesita de noche ardía una diminuta lamparilla de mariposa[32] cubierta con una bomba de cristal teñido de rubí, que proyectaba luz color de rosa.

En un magnífico catre de bronce, arreglado por la coquetería de la mujer, con finas colgaduras de crespón blanco sujeto por lazos azules en cuyo centro asomaba un botón[33] de rosa, estaba dormida una joven como de ventidós años con el apacible sueño de la paloma que ha plegado sus alas en blando nido de plumas.

Su cuello, blanco cual el yeso de Pharos, rodeado por los encajes de la camisa de dormir, y su cabeza de una perfección escultural, descansaban, más que en las almohadas de raso y batista, en la blonda cabellera amontonada como un haz de espigas de trigo. Los labios imperceptiblemente entreabiertos daban curso a la respiración vaporosa y suave, como el perfume de la azucena llevado por las brisas de mayo en aquellos campos donde el trébol y la verbena se dicen amores.

El señor López se quedó por un momento contemplando a la dormida, abismado en una sola idea que lo dominaba, y retorciéndose los sedosos bigotes dio algunos pasos hacia la cama.

La mujer a quien tenía delante, era un ángel de bondad que le había hecho saborear las dulzuras del amor, en aquellas horas que para él volaron fugaces. Ella gozaba en brazos del sueño, ese dulce beleño[34] brindado por la pureza de una conciencia semejante al límpido lago en cuyo fondo reverbera una estrella, que para la juventud dice AMOR y, para la ancianidad noble, dice RECUERDO.

Don Antonio comenzó a desprender los botones de su abrigo que se quitó con cierta cautela, como quien teme hacer ruido, e hizo otro tanto con el gabán y chaleco de paño gris, colocó la ropa sobre el canapé rojo de la derecha, y volvió a asomarse a la cama, revelando en su semblante la contradicción de sus pensamientos. Contempló nuevamente a la dormida indeciso, vacilante, y sin despegar los labios se fue a sentar junto a la ropa, apoyados los codos sobre las rodillas, y dejando caer la cabeza entre sus manos.

—¡No hay remedio! –dijo por fin. –¡Es el único camino que me resta…! ¡Y he de despertarla…! ¡He de repetir aquí lo que el mundo hace con el corazón de los adolescentes, arrancarle el velo de las ilusiones para obligarla a vestir el sudario de la realidad; de la realidad, Dios mío, ese licor amarguísimo que vengo a beber en el cáliz de la desventura!… ¡A ella, sí, que se durmió feliz, amándome, tal vez repitiendo mi nombre, que veló esperando mi regreso y cayó rendida por las largas horas de mi ausencia! ¡A ella que me dio sus amores de niña y sus caricias de mujer! He de despertarla para decirle adiós, para anunciarle que ya no hay sol que dé calor y vida al hogar, que está

---

32   *Lamparilla de mariposa*: lámpara conformada por un recipiente generalmente de cristal que se llenaba de aceite y en el cual flotaba una pieza atravesada con una mecha llamada "mariposa".

33   *Botón*: pimpollo de flor muy pequeño y cerrado.

34   *Beleño*: (metáf.) por el *Hyoscyamus niger* planta cuyas hojas se utilizan para preparar infusiones que alivian el dolor e inducen a un estado de inconciencia.

nuestro cielo entoldado por las nubes de la desgracia, que ya no habrá son-risas en sus labios humedecidos por las lágrimas, esas perlas valiosas que caerán de sus ojos, cielo de amor que tantas veces reflejó mi felicidad.

—¡Oh! ¡Eulalia, Eulalia mía!...

La desesperación estaba próxima a estallar en el organismo de don An-tonio sollozante con la opresión del dolor cuando, de súbito, soltó los brazos, levantó la frente, poniéndose de pie y sacudiendo la cabeza se dijo:

—¡Valentín, si al menos pudiese conocer todo el plan de que me ha-blaste;... yo... mas... no, no, imposible! Debo aceptar la lucha solo, absolu-tamente solo. ¡Mi fortaleza de hombre avasallará mi debilidad de amante...!

Y dando resuelto algunos pasos se llegó a la cama, se inclinó y besó con pasión los labios de Eulalia que, al áspero roce de los bigotes, abrió los ojos haciendo a la vez un gesto saboreado como de quien gusta tamarindos[35].

---

35 *Tamarindo: Tamarindus Indica*, árbol nativo de África, con sus frutos de sabor agridulce se preparan dulces y conservas.

II

A dos horas de camino de la casa de don Antonio López está la hacienda "Palomares", de gran nombradía en todo el departamento de Marañón primero, porque produce maíz blanco de un tamaño sorprendente, tanto que disfruta de la gollería[36] de haber obtenido medalla de oro en varias exposiciones extranjeras; segundo, porque sus frutillas son de notoria estimación por sabor, color y tamaño; y tercero, porque se dice que Pumaccahua[37] pernoctó allí la última noche de sus correrías patrióticas y dejó enterrado un grueso capital en onzas, tesoro que hasta hoy es el comején[38] de multitud de gentes dadas a buscar lo que no han guardado.

La familia que habita la hacienda "Palomares" no es numerosa.

A pesar de diez años de matrimonio de don Valentín Cienfuegos con doña Asunción Vila, ambos siguen la vida de novios en cuanto a que no han cambiado decoración de alcoba, recibiendo ésta la bendita cuna donde dormitan los pedazos del corazón, pues, en cuanto a las escenas del drama principiado en el altar, ya han llegado a la parte más prosaica, y las malas lenguas hasta dicen, a media voz, que las costillas de doña Asunción perdieron su virginidad a los tres meses de casada, una aciaga noche en que las discusiones matrimoniales subieron de punto.

Fuera de los esposos, la servidumbre consta de dos mujeres indias, y un joven mestizo que se llama Ildefonso, nombre que los de intimidad han hecho breve dándole además diminutivo, y el tal se dice Foncito.

Como en el curso de esta historia hemos de ver a cada paso a Foncito y tal vez simpatizar con él, por su corazón de oro y su ternura de afectos, conviene

---

36 *Gollería*: (metáf.) manjar exquisito y delicado, delicadeza.

37 *Pumacahua*: Mateo (1760-1815), Cacique de Chincheros, pueblo de la provincia y corregimiento de Calca y Lares en el departamento del Cusco. Nombrado coronel en la milicia colonial. Acaudilló el levantamiento en el Cusco en 1814. Derrotado en la Batalla de Umachiri y finalmente aprendido y, se lo mandó a ahorcar en Sicuani el 17 de Marzo de 1815. Su cabeza la envió al Cusco y uno de sus brazos se fijó en un paraje público de Sicuani.

38 *Comején*: (metáf.) insecto neuróptero. Anida en los árboles. Roe y penetra madera, cuero, lienzo y papel.

presentarlo con unas cuantas pinceladas. Su madre fue una india lugareña que ganó el afecto de un caballero llegado a la villa con bastón de mando, de cuyo conocimiento nació Ildefonso, criado en esfera un si es no es[39] decente. Recibió instrucción primaria, así es que sabía leer y rubricar; porque decir que tenía letra perfilada sería calumniarlo, lo que no se opone a dejar constancia de que las novelas publicadas en folletines eran gustadas por Ildefonso.

De estatura alta, espigado y de salud a toda prueba de epidemias, Ildefonso tiene un carácter comunicativo y afable, pero en el fondo es calculador como un banquero *yankee*, con un personal[40] seductor.

En cuanto al señor de Cienfuegos, su apellido de familia estaba admirablemente adaptado a su carácter. Irascible, altanero y pretencioso, lanzaba chispas de fuego de sus grandes ojos pardos cuando alguno contradecía sus mandatos. La naturaleza no favoreció por cierto su personal, pero tampoco podría llamarse hombre repugnante para las mujeres que gustan de la fortaleza hercúlea con preferencia a la belleza varonil.

Alto y fornido, de piel cobriza, pelo negro abundante y grueso, cortado desde la raíz; gasta el lujo de bigotes y pera, muy ralos, pero que él acaricia como las sedosas hebras de una poblada patilla abrillantada por los aceitillos de Oriza[41].

Don Valentín Cienfuegos frisa en los cincuenta años de edad y viste constantemente un terno[42] de casimir color ala de mosca[43], siendo su mayor lujo una gruesa cadena de oro, de cuyo último eslabón pende un magnífico reloj del mismo metal, de los que se llaman de repetición.

No sabremos determinar qué circunstancia acercó a Cienfuegos hacia don Antonio López, haciéndolos amigos de intimidad, y, recíprocamente, poseedores de sus secretos.

Las esposas intimaron también, pero no en el grado que marcaba la amistad de los dos personajes.

Rara vez pasaban semana sin verse no obstante la distancia a que residían, acortada por las cuatro patas de los magníficos caballos de que ambos disponían.

En el momento en que llegamos, don Valentín acababa de asegurar la hebilla de las espuelas de plata, terciado[44] el poncho de fina vicuña[45], y bajando al suelo el pie que había levantado sobre una silleta para hacer cómoda la operación de calzarse las espuelas, dijo con arrogante voz:

—Foncito, acércame el overo[46].

Y en seguida, fue a tomar la estribera[47] ofrecida por el joven, cabalgó,

---

39   *Un si es no es*: expresión para designar algo indefinido entre dos posibilidades.
40   *Un personal*: (fam.) carácter.
41   *Aceitillos de Oriza*: aceite de germen de arroz *Oriza sativa*, utilizado en cosmética
42   *Terno*: vestimenta masculina compuesta por pantalón, chaleco y chaqueta realizados en la misma tela.
43   *Ala de mosca*: color gris oscuro con reflejos metálicos
44   *Terciado*: atravesado en el pecho, como una banda.
45   *Vicuña*: (quechua) Rumiante andino, antecesor salvaje de la llama doméstica. *Vicugna vicugna*. Su lana es la más fina y apreciada de todas.
46   *Overo*: equino de cualquier pelo remendado con blanco.
47   *Estribera*: estribo.

asióse de las riendas, acomodó en la montura las alas del poncho e hincando los ijares del gallardo overo con las sonoras rosetas, salió sin ceremonia.

—Adiós señor, que no se desbarranque por las laderas, y vuelva pronto –dijo Foncito despidiendo con ademanes a don Valentín, y luego entró en la habitación principal de la casa amueblada al uso del lugar.

Media docena de silletas colocadas en fila cubría la parte baja de las paredes empapeladas con un papel rosado de cenefas rojas, que tenían por todo adorno un lienzo de la Virgen del Carmen colocado en marco de madera tallada por algún carpintero de época colonial y de fama respetable. Sobre la mesa del centro encontrábase un azafate⁴⁸ de latón con pocillos de loza y una ponchera de plaqué, todavía con los restos de una bebida preparada con aguardiente, canela y hojas de durazno.

Foncito arrastró una silleta junto a la mesa, sirvió del aparato el resto ya tibio del ponche, y sentado, bebió de seguido en un pocillo, limpió sus labios con un pañuelo de madrás⁴⁹ cuidadosamente doblado que sacó del bolsillo del pantalón, y volvió a guardarlo, y luego apoyando el brazo derecho sobre la mesa se puso a discurrir así:

—Yo no sé qué diablo ha metido la pata torcida en esta casa; desde hace pocos meses huele a infiernillo. Yo no entiendo este modo de pasar la vida entre marido y mujer. ¡*Tate quirquincho*! ⁵⁰ que cuando yo lleve a la iglesia a mi Ziska, no habrá más voluntad que la suya, porque su carita es de pura gloria, y yo no me haré de rogar para quedarme junto a ella, juntito, muy juntito: ¡ja! ¡ja! ¡ja!

Reía con pleno gusto el mozo, añadiendo ocultas frases que cruzaban por su mente, cuando se oyó una voz de timbre sonoro, salida de garganta de mujer, que gritó por repetidas veces:

—Foncito, Foncito.

Era la voz de la señora Asunción Vila, esposa de Cienfuegos, que, en aquel momento, apareció en el dintel de la puerta.

---

48   *Azafate*: especie de canastillo tejido de mimbre llano y con bordes de poca altura. También se hacen de paja, o metal como oro, plata, etc.

49   *Madrás*: tejido fino de algodón, originalmente de la ciudad de India.

50   *Tate quirquincho*: (Interjec. Fam.) equivale a "nada de eso".

III.

Luego que Eulalia reconoció a don Antonio le tendió los brazos con languidez, y, como quien se esfuerza para vencer el narcotismo del sueño, le dijo con cariñoso acento:

—Bribonazo…¡tan tarde como llegas!…me has hecho esperar sin tregua.

—¡Hijita! –contestó don Antonio casi repuesto de su postración moral, y se entabló entre ellos este diálogo:

—Todo está frío, mira el té –dijo ella señalando sobre el lavatorio una taza cubierta con el platillo, cruzada la cucharilla.

—Eulalia mía ¿qué quieres? estos negocios ¡uff! estos negocios, que tan mal se hermanan con la ventura soñada por dos almas que se aman –repuso el señor López, como apartando de su mente una nueva nube que venía a oscurecer el cielo de su dicha.

—¿Y qué cosa son los negocios? la trama ruda de números con números, el tanto por ciento sumado con otro guarismo que da rendimiento.

Eulalia desprendida del cuello de Antonio, al decir esto fue arrellenándose en los almohadones.

—Has dado una definición exacta, querida mía, pero la demostración encierra la comodidad del hombre, su felicidad –contestó él pasándose la mano por la frente, y al tocar el gorro de escritorio que aún llevaba puesto se lo quitó, arrojándolo sobre el mueble inmediato donde se encontraban las prendas de vestir de Eulalia.

—Si en los negocios me fuera mal, ¿dejarás de quererme?

—Nunca, nunca.

—La pobreza, la privación de comodidades ¿disminuirían tu afecto?

—Imposible Antonio, imposible –dijo Eulalia acercando sus labios a los de Antonio hasta beber su aliento, y preguntó con calor:

—Antonio mío, ¿no es verdad que me amas, que nos amaremos siempre, como dos ramas de palmera que nacen del mismo tronco y juntas se balancean con la brisa y juntas se secan cuando les falta el rocío de los cielos?

—¡Mujer! estás fascinadora; te adoro, más aún que el día en que al pie del altar me diste el tesoro de tu cariño, día venturoso en que tú fuiste uncida a mi fatal destino.

Al pronunciar la última frase don Antonio estaba tembloroso y demudado lo que no pasó inadvertido para Eulalia, que estrechando la mano del señor López, dijo:

—Antonio, ¡querido amigo mío! Tú eres otro en este momento, tú no eres el hombre de anoche. Tu mano tiembla al oprimir la mía, tu mirada huye de mis ojos, y tus besos me han helado como el ósculo de la eterna despedida. ¡Ah! ¿qué te pasa? ¿qué te pasa, por Dios…?

El señor López enmudeció ante las palabras de Eulalia y sólo pudo esconder el rostro entre las sábanas extendiendo los brazos hacia el cuerpo de su esposa que estrechó fuertemente contra su pecho.

**

Habían transcurrido varias horas, y la Aurora con sus dedos de rosa recogía el manto de la noche para la entrada triunfal del astro rey, monarca de las claridades, dispensador de calórico y de vida.

Don Antonio lejos de serenarse empeoraba en las condiciones de su espíritu, porque la situación que atravesaban sus negocios estaba en pugna abierta con la felicidad apetecida para la mujer que él adoraba.

El reloj dio ocho campanadas y por las ventanas cubiertas con persianas de paisaje asomó el sol radiante en un cielo sin nubes respirándose el dulce aliento de la mañana.

En aquellos momentos se detenía en el patio de la casa de López un jinete que llegaba al paso llano de su cabalgadura, y que echando pie a tierra dio la señal convenida en la campana de la casa.

Don Antonio al escuchar la última vibración saltó de la cama como impelido por una fuerza superior, tomó su ropa, se lavó rápidamente y salió sin desplegar los labios llevando un volcán de ideas que rebullían en su cerebro.

Eulalia en cuyo corazón batallaban a su vez las dudas mas crueles, asió su bata de cachemira con cordones corredizos y envuelta en ella se fue al tocador, muda también como la estatua de la meditación.

El recién llegado se apeó del caballo, aseguró el ramal de las riendas en la baticola[51], pasándolas por encima de la montura, y se dirigió hacia don An-

---

51   *Baticola*: correa sujeta a la parte trasera de la silla de montar que termina una especie de ojal por donde pasa el maslo de la cola de la cabalgadura. Se usa para evitar que la montura se deslice hacia adelante.

tonio que en aquellos momentos abría la puerta de su escritorio, el mismo que alargó la mano a su amigo diciéndole:

—He hecho mal, Valentín, en dudar de ti.

—¿Dudar tú de mí? ¿y desde cuándo, querido Antonio?

—¿Qué quieres, Valentín? Cuando la rueda de la fortuna se desnivela, el primer tornillo que falta para darle nuevo equilibrio es el de la confianza –dijo el señor López entrando en el cuarto e indicando una poltrona a Cienfuegos, arrastrando otra para sí y sentándose frente a frente.

—Por lo visto, la bancarrota es segura –dijo don Valentín, ocupando el asiento.

—¡Completa, irremediable!

—Todo tiene remedio, hombre.

—Ayer ha protestado dos libramientos[52] míos la casa de Estaquillas y Compañía.

—¿La casa de Estaquillas?…

—Sí.

—¿Por qué suma?

—Dos mil ochocientos soles.

—¿Y?

—Y hoy, a la hora de abrir el comercio, las casas quedarán completamente informadas, ¡y hoy…!

—Tenemos unas horas disponibles.

—¡Hoy mi quiebra será la noticia de sensación! –dijo don Antonio, con acento frenético, poniéndose de pie y tomando un pliego de papel de sobre el pupitre, que alargó a Valentín.

—Cálmate, hombre; ¿qué has pensado, qué piensas hacer para detener la noticia?

—Esta es la liquidación –dijo López señalando el pliego, sin atender a la pregunta de su amigo.

—¿Ciento cincuenta mil soles de pasivo?

—No, hombre, ese es el capital que representa la casa, ve el balance.

—¡Ah! sí, sí, cuarenta y dos mil soles –dijo Cienfuegos leyendo los guarismos rojos del saldo.

—Sí, ¡cuarenta y dos mil soles!

—¿Y?

—No tengo más que un camino. –dijo López pálido de emoción.

—¿Cuál?

Don Antonio había avanzado hacia el escritorio, tiró de un botón y sacando un revólver Smith lo tomó con manifiesta resolución, y en actitud de amartillar dijo:

—Este.

Cienfuegos que comprendió con la rapidez del pensamiento la intención

---

52 *Libramientos*: pagarés, notas de promesa de pago.

nacida del sombrío estado de ánimo de López, detúvole el brazo con fuerza hercúlea arrancándole el arma y diciéndole:

—No seas cobarde, Antonio. Luchemos.

En la frente calenturienta de don Antonio López había tomado posesión, desde la noche anterior, la terrible idea del suicidio, y ante él desfilaban espectros que le hablaban del descanso de la muerte, y en cada guarismo de sus cuentas veía el número de su nicho, y en la cesación de la vida el comienzo de la paz.

IV

La señora Asunción Vila era una mujer de carácter impetuoso, pero modificado por la educación, y dominado por esa fuerza de voluntad rara en su sexo. Estaba en los treinta y dos años de existencia; conservaba la esbeltez de formas y el atractivo de unos ojos negros, grandes, expresivos que lucían como centellas entre un bosque de pestañas muy pobladas.

Al casarse con don Valentín hizo mal matrimonio, según ella, y sólo el orgullo de familia y los miramientos sociales a que rendía estricta obediencia, la hacían desistir de un total rompimiento, cien veces intentado en su pensamiento y evaporado otras tantas.

La carencia de descendientes estableció la mayor libertad para Cienfuegos, rendido devoto de las hembras.

Pero dos eran las principales fuentes de las desventuras de este matrimonio: los celos desmedidos y una devoción llevada al colmo del fanatismo que dominaba a doña Asunción, acibarándole[53] la vida, bien que con la tentadora promesa de la salvación eterna.

Cuando salió del caserío de "Palomares" don Valentín, la señora llamó a Ildefonso, al que amaba con chochera de madre, y le dijo:

—Foncito, hijo mío, ahora te vas a portar como un angelito de mi Señora Purísima. Ensilla la yegua castaña, que sobre ser de ligero andar no está herrada y no mete ruido, y cabalgando como buen jinete que eres, vete de seguida tras de Valentín. ¿Tú sabes lo que deseo saber, eh? —terminó con reticencia doña Asunción, dando una palmadita en el hombro de Ildefonso con la mano izquierda, mientras que con la diestra, le alargaba cinco soles blancos y sonoros, agregando por lo bajo:

—No te faltarán compromisos por ahí, picarillo.

53   *Acíbar*: amargar.

—Qué a gusto aletea mi corazón mi señora mamita para servir a usted, yo, sí, me iré como zorro viejo husmeando el camino sin perder el olor de la gallina —repuso expansivo Ildefonso guardando sus cinco soles en el bolsillo de la chaqueta y salió como una exhalación a cumplir el mandato.

Doña Asunción, entretanto, se sentó en la misma silleta que antes ocupara el joven y agarrando distraída una cucharilla se puso a dar golpecitos inconscientes en el borde de uno de los pocillos, repitiendo para sí:

—¡Esa Eulalia! No siendo por ella, como me ha dicho mi padre confesor, yo no me explico todos estos desvelos, y este ir y venir. Necesito saber a punto fijo si este viaje lleva el mismo rumbo, y...¡Troya ha de arder! Ya esto no pasa... ¡Hipocritona...! ¡Y todo el cariño que me hace...! Sin embargo... ¿no vaya yo a caer en juicio temerario?...

—Buenos días, señora Asuntita —dijo desde la puerta una muchacha como de diecinueve primaveras, de carrillos encendidos, ojos pardos, ceja arqueada, dientes de leche y trenzas negras que debajo del sombrero de paja de Catacaos[54] colgaban como dos manojos de seda joyante. Vestía un trajecito de olán[55] color cabritilla con ramitos de rosas esparcidos en el campo, y llevaba embozado el pañolón de flecadura.

—Hola, Manuelita, y ¿cómo la pasas tú? —repuso la señora de Cienfuegos, sin moverse de su asiento, colocando la cucharilla en la mesa e invitando a sentarse a la recién llegada.

—Bien, para servirla misea[56] Asuntita, *usté* siempre gorda, siempre buena moza, ya se ve, qué penas tiene —enumeró con zalamería Manuelita.

—Ay, hija, así te parece a ti, pero...

—¡Guay! capaz de decir como las indias *en el río hondo caben pedrones.*

—Y esa es la verdad purita, Manonga[57], no hay como los indios para observadores.

—¿Con que mi señor don Valentín se nos volvió a ausentar? —dijo con malicia la chica.

—¿Tú lo viste salir?

—Sí, cabalmente salía de la tienda yo cuando él doblaba la esquina al andar de su caballo. ¿Habrá ido a Rosalina? Va con frecuencia.

—Sí, tiene no se qué negocios con don Antonio, —respondió doña Asunción arreglando las faldas de su vestido aparentando indiferencia.

Pero en el fondo de ese lago de tranquila superficie se enroscaban multitud de sierpes que despertaron a la sola pregunta de Manuelita para morder el corazón de la mujer de Valentín que, demudada violentamente, dijo:

—Tu pregunta no va tan al aire, Manonga. ¿Sabes algo de Valentín?

—Cosa que valga, en verdad no, misea Asuntita, pero, como yo *me* la quiero tanto a usted, y la respeto, le contaré lo que oí en Rosalina el domingo, yendo a misa.

—¡A ver, a ver!

---

54 *Paja de Catacaos*: el distrito de Catacaos está situado en la costa norte del Perú, provincia de Piura y es famoso por sus artesanías en paja toquilla, el material de los sombreros conocidos como "Panamá".

55 *Olán*: faldilla suelta, generalmente de percal o de zaraza de colores.

56 *Misea*: (loc.) misia, mi señora.

57 *Manonga*: diminutivo cariñoso de Manuela.

—Mi comadre doña Paulita, *cuidanta*[58] del señor cura, se encontró en la puerta de la iglesia con la Chepa Fernández, la crespa[59], que había estrenado mantón de cachemira, y pidiéndole *remojo*[60] por el estreno le dijo: –¡ajá! Chepa, tú estás remozando, como lavada con agua de ajonjolí, desde que frecuentan estos barrios los caballeros don Valentín y don Antonio. Entonces ella, torciendo los ojos y soltando la carcajada, respondió: –¡qué don Valentín ni qué muñecos! ¿No sabe *usté ña* Paulita que la santa de su altar es la *señá* Eulalia, mujer de don Antonio?

—¿Eso dijeron? Y ¿qué repuso la otra?

—¡Jesús qué corrompido que se está poniendo este pueblo! Ya no hay mujeres honradas desde que han aparecido los herejes masones, dijo la *cuidanta* del cura.

Doña Asunción estaba acalorada. Su rostro revelaba ese temblor mitad frío mitad febricitante[61], que se apodera del organismo con las emociones fuertes; pero alcanzó a dominarse y dijo:

—Manonga, ¿tú vas con frecuencia a Rosalina, no?

—Sí misea Asuntita, todos los domingos madrugo a Rosalina llevando frutas de hueso, mantequillas y guantes de vicuña, que vendo hasta la hora de la misa.

—¿Y conoces a la señora de López?

—¡*Guá*! Como a la palma de mis manos, señora, ¿y aquí también no la he encontrado otras veces?

—Cierto, Manonga.

—Cabalmente doña Eulalita me paga el mejor precio por mis efectos, y es buena como una *Ave María*, y su genio suave como la cuajada.

—Cierto, Manonga; así es Eulalia. Yo no creo nada de lo que dicen esas mentecatas del barrio; pero…yo voy a pedirte un servicio, Manonga.

—El que *usté* guste, *patronita*, que yo estoy a su mandar.

—Mira, yo te voy a abrir mi corazón: yo quiero desengañarme hasta la pared del frente[62] de que es falso lo que tú misma has oído; porque hay una persona de por medio y, porque…en fin, tú lo sabrás más tarde –dijo la señora Vila con maña.

—¿Y qué debo hacer?

—Cosa de nada, hija, quiero que en primer lugar, te hagas muy de la casa, empieza tus excursiones desde mañana, u hoy mismo, pretexto no te ha de faltar…

—Cabalmente tengo unos rebozos de señora, y puedo llevar a ofrecerlos –interrumpió Manonga.

—¡Magnífico! Una vez que pises los umbrales de la casa, ya sabes que debes ser toda ojos y toda oídos. ¿Me entiendes? –instruyó y preguntó doña Asunción levantándose del asiento.

58 *Cuidanta*: (loc.) empleada doméstica.
59 *Crespa*: que tiene el cabello rizado.
60 *Pedir remojo*: (Perú) pedir al padrino (o madrina) un regalo por el bautismo, en este caso del mantón de cachemira. Se relaciona con la costumbre de "bautizar" la ropa nueva con unas gotas de agua, licor, un puñado de tierra, o ensuciándola levemente.
61 *Febricitante*: calenturiento, quien tiene alterado el pulso pero sin llegar a tener fiebre.
62 *Hasta la pared del frente*: (metáf.) por completo.

—Y para la boca tomo buchada de agua, y todo lo que veo y oigo lo junto y lo traigo aquí, como encomienda de panadera, ¿no? —agregó la muchacha riendo con manifiesta confianza.

—¡Qué pícara eres, Manonguita! pero tú vas a sacarme del purgatorio, y yo no seré mal agradecida —repuso doña Asunción registrando el bolsillo de su vestido, de donde sacó cuatro soles y los alargó a la muchacha diciéndole:

—Mira, Mononguita. Tú no vas a ir a pie, y tú me haces el favor de admitir esto para el forraje del caballito, de otro modo no habrá trato.

—¡Qué misea Asuntita! siempre tan franca —contestó Manonga acariciando las monedas que al pasar de una mano a otra sonaron agradablemente.

V

Prendióse Eulalia el tocado coquetamente, pero sin darse cuenta de ello casi por la costumbre de las manos, pues, frente al espejo, ni siquiera una vez fijó su atención sobre la imagen reproducida por él; tan preocupada quedó por las raras preguntas de su marido y sobre todo por la extraña manera de impresionarse con las campanadas, juntándose esto al cambio que en él notaba día a día.

—Qué tristeza la que siento! ¡No sé qué presagia mi corazón, este corazón leal y constante! ¡Ay Antonio! parece que de tu alma se evapora mi cariño... Sí,... él no es el mismo; imposible, es imposible que yo lo crea. Cuando un hombre ha saciado la sed de la pasión en los labios de una mujer, dicen que queda el hastío en su naturaleza mientras que en la mujer, colmado el placer se despierta el deseo en brazos del amor, ¡uno, solo, infinito! ¡Oh! triste, tristísimo estudio de los novelistas. Pero... no, no, eso dirán los novelistas que inventan cuentos, yo no debo de creer así; Antonio,... ¡imposible!... y sobre todo, si no me ama por pasión, yo haré que me ame por gratitud, y el amor de todos modos es amor.

Con estas frases mitad pensadas, mitad habladas maquinalmente, Eulalia colocó en sus cabellos un botón de rosa, púsose después una bata blanca como el pecho del cisne, guarnecida de ricos encajes y cerrada por pequeñas presillas de acero en cuyo remate pende un diminuto lazo de raso aurora. Acepilló su dentadura con polvos de romero, dando a cada diente el esmalte de la perla, perfumó su seno con algunas gotas de esencia de heliotropo, rodeó su cintura con una faja de charol de broche de acero y acercando hacia su cama un reclinatorio con tapiz de pana y talladuras, se arrodilló juntando las manos.

Hermosa mujer.

Su alma parecía trasportada toda ella a los ojos y entregada a Dios en el rayo de sus pupilas.

¡Quién sabe lo que pidió a Dios en su oración matutina!

Su pecho, urna sagrada del amor santo, sollozó un instante, y por su labios resbaló, tenue como la brisa cargada de perfumes, el nombre de Antonio…

Encendiéronse sus mejillas con el tinte del granado, en sus pestañas tembló una gota de rocío que pronto cayó como un diamante cuajado para brillar sobre el pavimento evaporándose después hacia la región de los misterios, y sus labios, acercándose el uno al otro cual dos rosas que se besan, murmuraron a media voz: Amén.

—¡Gracias, Dios mío! Cuánto beneficio concedes al que en ti cree y espera –dijo Eulalia poniéndose de pie, colocando el reclinatorio en su sitio y respirando fuertemente como para tomar una bocanada de aire.

Eulalia quedó momentáneamente tranquilizada y fue a tomar una jarra de loza con agua, para regar un tiesto de violetas que tenía en la ventana de su cuarto de costura.

VI

—El suicidio es la huida vergonzosa de la batalla empeñada, Antonio. Recuerda que sería el baldón eterno de doña Eulalia –insistió don Valentín alejándose unos pasos de su amigo.

El señor López, al oír el nombre de Eulalia, sintió una oleada de oxígeno en sus venas y repuso:

—Por ella misma he intentado la huida. Prefiero su escarnio después de muerto, a su indiferencia o su desprecio en mi caída.

—Estás blasfemando de lo más santo. Tú, entonces, no conoces el corazón angelical de tu mujer. Yo la defiendo, yo hablaré por ella, Antonio.

El señor López bajó la mirada, humillado y vencido. En ese instante quedaba definido el problema de la fuerza hipnótica. La impetuosidad del carácter de Cienfuegos avasalló la debilidad moral de don Antonio y éste quedó sojuzgado pues apenas se atrevió a levantar la voz para decir:

—¿Y qué salvación me ofreces, querido Valentín?

—No creas que después de recibir tus cartas, viniese desprevenido. Tardé por traer aquel plan arreglado para el caso en que tú no vaciles más, y quieras salvarte.

—¡Valentín!

—Serénate, Antonio –dijo Cienfuegos dirigiéndose hacia la puerta que cerró por dentro, acercó una silleta para su amigo, tomó otra para sí y sentándose cerca, bien cerca, le dijo a media voz:

—Que no nos oiga nadie, Antonio; vamos a formalizar totalmente la compañía, seremos cinco; hoy, antes de una hora serán compradas tus letras a la par, y en la caja vacía recibirás el valor de las acciones de los otros socios.

—Valentín, explícate más claro; vas a volverme loco.

—Pues oye, –repuso Cienfuegos aparentando calma y llaneza en el proceder, levantando el ala del poncho hacia el hombro y sacando unos papeles del bolsillo, –se trata, pues, de una sociedad cuyas bases puedes ver en estos pliegos.

Don Valentín alargó el legajo que López cogió interesado y desdoblándolo, repasó con avidez el contenido mientras que Cienfuegos daba algunos paseos en la pieza, examinando al soslayo el semblante de su camarada.

Antonio, luego que terminó la lectura enrolló los papeles, meditó por cortos momentos con el pliego suspendido a la altura de la boca, y rompiendo el silencio dijo:

—La ley lo prohibe, Valentín.

—Por eso te hablo a puerta cerrada.

—Sí, perfectamente, pero…

—Y si comienzas por mostrarte pusilánime[63], Antonio, acabaremos por donde hemos empezado, esto es por la cobardía del suicidio –contestó Cienfuegos sentándose, estirando ambas piernas y escondiendo las manos en los bolsillos del pantalón.

López guardó silencio avergonzado ante las palabras de Valentín, la sangre afluyó a su rostro y venciendo la tenaz lucha interna que sostenía, preguntó:

—¿Y quiénes son nuestros socios?

—Para revelarte los nombres necesito tener tu palabra y tu firma en el pliego signado con el número 3 –dijo don Valentín ya seguro de ser el vencedor en aquella entrevista de la que dependía, más que la salvación de López, su propio porvenir.

Don Antonio volvió a desdoblar los papeles y escogiendo el pliego que llevaba el número 3 signado con lápiz rojo repasó las líneas del contenido. En seguida, estendiéndolo sobre el bufete, tomó una pluma de la bellota[64], la mojó en el tintero de cristal y firmó con letra clara y pulso firme.

—Valentín, te pertenezco –dijo el señor López colocando la pluma en el escobillón o limpia plumas; aplicó en seguida el secante sobre la tinta fresca, juntó los pliegos y devolvió el legajo a Cienfuegos.

—No te pesará, Antonio. Ahora, siéntate y escucha –dijo don Valentín sacando las manos de los bolsillos, recibiendo el legajo al mismo tiempo que recogía las piernas estiradas, y señalaba el asiento que rato antes ocupaba el señor López.

63 *Pusilánime*: falto de ánimo y valor.
64 *Bellota*: vasija pequeña apta para varios usos. Tiene forma del fruto de la encina o del roble, de ahí su nombre.

VII

Terminado el riego de la planta, Eulalia quedó entretenida en arrancar tal cual hojita seca con la mano derecha, agarrando en la zurda la jarra vacía, y su pensamiento combinaba ideas melancólicas moduladas a media voz, en esos soliloquios frecuentes en las mujeres.

—Las violetas son flores más agradecidas a los cuidados de su florista; ellas también usan la palabra más hermosa de la flora, porque el perfume es el idioma que entre las plantas emplean. Yo las comprendo a veces, por eso el olor de la ruda y de la malva judía[65] es la palabra áspera del maldiciente, mientras que el olor de la rosa blanca habla el dulcísimo lenguaje de la fe y de la amistad, y la pungente fragancia del azahar dice ¡placer!, la violeta tímida y callada reúne en sus pétalos la suavidad celestial para decir en secreto…¡amor!…

Resonaron algunos pasos y una voz conocidísima para Eulalia y que sin duda ejercía gran poder sobre su sistema nervioso, dijo desde la puerta:

—¡*Deo gratias*! Y qué remolona andas, hijita, que hasta esta hora no has ido a oír la santa misa.

Eulalia dejó la jarra vacía junto al tiesto de violetas, y pegando un brinquito fue con sencillez de niña a besar la mano que le alargaba el recién llegado, posando en ella sus labios con demostraciones de respetuosa idolatría.

—Santos días, *mi tataito*. ¡Qué gusto de verlo! Santa Bonifacia me ha hecho este milagro, ¿no?

—¡Milagro! —repitió el señor Isidoro Peñas estremeciéndose ligeramente al contacto de los labios de Eulalia posados sobre su blanca mano, sentándose de lleno en una butaca contigua al macetero y mirando fijamente el bello rostro de la señora de López.

---

65 *Malva judía: Corchorus oliotorus*, conocida también como Meloukhia, es una planta utilizada mucho en la cocina de Medio Oriente.

—Sí, pues, *tataito*. Ya usted parece que no nos quiere y deja pasar días sin vernos –repuso Eulalia, empleando el plural con la intención de incluir a otra persona, o tal vez por velar el cargo que ella directamente debía hacer al señor Peñas, atendida la confianza que reinaba entre ambos.

—Nada de eso, tontica, tú eres la olvidadiza, tú que dejas pasar un año sin asomar a la tabla del confesonario tu cara de azucena, y no te me engrías[66] por la comparación con la azucena ¿eh? –dijo don Isidoro riendo con disimulo. Y agregó inmediatamente:

—Ustedes las mujeres acostumbran entender las cosas siempre torcidas.

Eulalia había teñido sus mejillas con lo más rojo de la cereza, y bajando los ojos repuso con timidez:

—De veras, *tataito*, que desde que me casé estoy alejada de la tabla; pero ahí volveré.

—Nada, yo no acepto eso de ahí volveré; yo soy ahora el padre que manda a su hijita, y la digo que vaya hoy, que necesito hablarla con urgencia, que la ordeno –precisó el padre Isidoro.

—¿Hoy? ¡cómo, *tataito*! ¿qué día es hoy?… –preguntó Eulalia turbada y como quien se excusa.

—Jueves, día de la Visitación[67]. ¿Qué? ¿hasta los días de guarda te ha hecho olvidar el señor marido? –dijo el señor Peñas. Y cambiando de tono para dar a su voz el acento de la seriedad, necesario en situaciones dadas, precisó el caso con estas palabras:

—Eulalita, ya no te ordeno, te suplico que vayas hoy. Tengo que hablarte de un asunto que sólo en la reja podemos tratar, y te espero a las tres de la tarde.

—Y Antonio, ¿qué dirá Antonio?

—¡Tontonaza! Es precisamente porque algo grave pasa cerca de ti que vengo, y para las cosas de conciencia no tienes por qué consultarle, diga lo que diga; te espero a las tres y santas pascuas[68] –terminó el cura Peñas poniéndose de pie, alargando la mano a Eulalia que volvió a besarla y él a estremecerse.

Y se perdió por el portón de vidrios la silueta del cura Isidoro Peñas, alto, huesudo, nervioso, con su frente despejada, sus ojos claros y expresivos brillando entre pronunciada ojera, sus labios voluptuosos con el color de los guindos de Urubamba, sombreados por el bozo de abundante patilla y bigote, combatidos en su desarrollo por la navaja del barbero, como estaban combatidas sus pasiones por la santidad de las apariencias.

Eulalia quedó abismada en reflexiones atando los hilos de los sucesos íntimos de su casa, y sin esfuerzo de su parte agolpáronse también a su recuerdo las escenas dulces de su noche nupcial en que, tímida niña aún, fue estrechada por los brazos de Antonio como la rosa de Jericó[69] envuelta por los rayos de

---

66 *Engrías*: de engreír, envanecerse

67 *Día de la Visitación*: se celebraba el 31 de Mayo en conmemoración del encuentro entre la Virgen María y su prima Isabel. En la narración evangélica, la Visitación sigue inmediatamente a la Anunciación.

68 *Y santas pascuas*: (metáf.) expresión para dar por terminado un asunto.

69 *Rosa de Jericó*: *rosa hiericontea* planta con pequeñas flores blancas de no más de quince centímetros de altura. Al florecer las hojas caen y las ramas se contraen curvándose y tomando forma de globo. El viento las arranca del suelo y las arrastra. Pueden permanecer cerradas y secas durante muchísimos años hasta que la humedad hace que recobren su frescura original. Por esta característica son consideradas como amuleto.

la luna, noche inolvidable en que él sació su amor diciéndola al oído en el colmo de la dicha: "esposa mía, eternamente mía, nadie entre los dos" y en que ella entre suspiros de castas caricias también repitió: ¡eternamente tuya!... ¡nadie entre los dos!...

—¿Iré otra vez al confesonario contrariando la voluntad de Antonio? ¿Me quedaré en el hogar? –preguntábase en distintas formas la mujer de López en quien la índole tenía que prevalecer al través de todas las imposiciones de la educación de su época y de las inclinaciones de su corazón sensible, aleccionado en la obediencia.

VIII

Foncito hizo una milla de la ruta al trote de la yegua, pero traidor a la consigna de doña Asunción y leal a los compromisos de su corazón joven y enamorado, se detuvo en un paraje de caserío rodeado de sauces y álamos, con su palomar de barro, su yunta de bueyes rumiando en el corral el pasto de la noche, su gallo ajiseco[70] pavoneándose entre cuatro gallinas guineas, castizas de raza, y su perro chusco[71] acostado, largo a largo, en la puerta principal.

—¡*Mamay*! ¡que me llevo la casa! –gritó él desde afuera.

Púsose de pie el perro meneando la cola, abriendo los ojos y estirando cuerpo y hocico en ademán de desperezarse y una voz dulce, fresca, nutrida por buenos pulmones contestó desde el interior:

—Adentro el jinete buen mozo y afuera el jaco tardón[72].

Ildefonso se apeó con agilidad, correspondió con palmadas los cariños del perro chusco llamándolo *Willacuy*[73], y fue a abrazar a una linda muchacha de quince abriles justos, robusta, alegre y decidora que vestía el popular percal, con su pañuelito de seda azul cruzado al pecho, en cuyo remate pendía un racimito de la menudilla flor de la tara[74].

—¡Ziska mía!

—¡Foncico!

Se dijeron unidos en abrazo, pecho a pecho, y luego ella separando los brazos nervudos del mozo y aparentando resentimiento:

—No, no, y no –dijo– tú te estás volviendo como los subprefectos de esta tierra, que quieren todo al fiado y nunca empeñan el corazón. Estoy de malas contigo.

—¡Cómo, mi paloma! –repuso él tomando la mano de Ziska y cu-

---

70   *Gallo ajiseco*: gallo de riña de plumaje rojizo.
71   *Chusco*: que tiene gracia.
72   *Jaco tardón*: caballo pequeño, ruin y lento.
73   *Willakuy*: (quechua) puede traducirse como cuento o relato, o sea alguien divertido.
74   *Tara*: Caesalpinia spinosa, árbol de 2-5 m hasta 12 m de alto. Las flores de color amarillo rojizas aparecen como racimo denso.

briéndola de besos –¿yo que te adoro, que te amo como a mi rayo de sol, yo que, en cuanto junte trescientos soles y haga terno nuevo, he de llevarte al altar, coronada de claveles para que me envidien todos, yo tu negro, tu esclavo, ser ingrato para contigo?

—Bueno, nada de lo dicho, hacemos las paces y ¡qué viva Santa Casaca![75] –contestó la muchacha y ambos se sentaron sobre un tronco añoso que servía de asiento a la entrada de la casa comenzando luego el siguiente interrogatorio iniciado por ella:

—¿Qué has hecho en estos ocho días?

—Pensar en ti y juntar plata.

—¡Oh! ¿A que no has soñado lo que yo soñé?

—A ver, a ver ¿qué soñaste?

—Soñé… ¿quieres que te diga?… No te digo…

—¿Me ocultas tus sueños y dices que me amas? No, *cholula*, eso no es amor de cristiano, eso es traición de corazón negro…

—Calla, Jesús, ni más vuelvas a decir eso –interrumpió Ziska tapando la boca de Ildefonso con la palma de la mano izquierda, mientras que la derecha encarrujaba[76] una punta del pañuelo prendido al pecho.

Ildefonso besó aquella palma con un beso estrepitoso, y Ziska continuó:

—Soñé que nos habíamos casado, que toda la campiña asistió a nuestras bodas, que de nuestro árbol nupcial colgaban muchos soles de plata y muchas roscas de pan, y después…¡ja! ¡jay! –dijo riendo a carcajada la muchacha.

—¿Y después que te llevé al nido de saucos y sauce real cortado por mis manos? –preguntó Ildefonso, ebrio de orgullo al escuchar la relación de su novia.

—Ni por pienso[77] ¡qué *catay*! que ni por pienso –repitió Ziska.

—¿Y de ese sueño te excusabas, tontica? –dijo Ildefonso pasando su brazo derecho por la cintura de Ziska y tomándole la mano con la zurda.

Ella se hizo la desentendida, bajó la mirada, volvió a encarrujar la punta del pañuelo con la mano que tenía libre y dijo:

—Si no es todo.

—Pues entonces, habla Ziska, habla amor –exigió el mozo oprimiendo la cintura de la chica.

—¿Y que no? pues, soñé que nos nació un hijo igualito a ti; que lo envolvimos en gasas traídas por ti de la feria de Vilque, que lo bautizamos en la parroquia de Rosalina con cruz alta, salero de plata y música de tambores[78], que su padrino fue don Antonio López y que bailamos como en carnavales ¡jay!… –terminó ella riendo otra vez.

Ildefonso al oír el nombre de don Antonio recordó la comisión que

---

75   *Que viva Santa Casaca*: expresión jocosa sin sentido, a la manera de las "jitanjáforas", término acuñado por el escritor mexicano Alfonso Reyes (1889-1959) y que describe como "Creaciones que no se dirigen a la razón, sino más bien a la sensación y a la fantasía. Las palabras no buscan aquí un fin útil. Juegan solas".

76   *Encarrujar*: estrujar; realizar una labor de plegado o rizado, generalmente se hacía en tejidos de seda.

77   *Ni por pienso*: (metáf.) de ninguna manera.

78   *Cruz alta, salero de plata y música de tambores*: indicativos de un bautismo de alcurnia, o por lo menos pretencioso.

llevaba, olvidada por completo en la tela del amor, pero encantado por la sencilla, infantil narración de su novia, despertado en sus sentidos por el fluido magnético que le comunicaba aquella cintura oprimida por su brazo, aquella mano pequeña un tanto áspera asida por su mano, y las palabras de inocente confianza que sonaron en su oído cual música celestial; se resbaló instintivamente del banco, quedando de rodillas a los pies de la muchacha y, fijando sus negros ojos reverberantes en los ojos castaños y apacibles de ella, la dijo con pasión:

—Tú has soñado lo que sucederá dentro de poco, Ziska mía; tú eres mía ¿no es verdad?

—Que venga Santo Tomás y que lo niegue.

—Pues Ziska, yo exijo de ti hoy una prenda, será nuestro cambio de esponsales, será el eterno sello de nuestro amor; pero no me digas que "no" ¡prefiero la muerte!

Y oprimió, nervioso, el talle y la mano de su prometida.

—¿Y qué?

—Déjame robarles una cereza de amor a tus labios, Ziska, con los labios se jura amor, con los labios se da el dulce sí en el altar, y en los labios guarda la bruja de los misterios toda la miel de la felicidad recogida en primavera… ¡Ziska, un beso…!

Ildefonso tenía la barba levantada, los ojos fijos en la rozagante cara de la muchacha, y la mirada empapada en el beleño de la ternura de palomas que produce sólo el amor verdadero, casto, respetuoso, lleno de sacrificios, rico de esperanzas.

En el corazón de Ziska comenzaron a levantarse oleajes desconocidos para ella como el burbujear[79] de la sangre movida por una corriente eléctrica y mezclada a intervalos por globulillos de hielo.

El calor desprendido de los labios de Ildefonso en una respiración fuerte, ejercía sobre los labios de Ziska el poder hipnótico, irresistible de las corrientes que nacen con igual dirección; y ella, como el flexible tallo que se dobla al peso del fruto en sazón, dejó caer su rostro sobre el rostro del joven y sus almas se confundieron en la primera cita dada por la Edad en los encantados vergeles del amor.

Y una sola corriente estremeció aquellos dos corazones con el aura de ámbares, y una sola gota de rocío bebieron las dos flores del valle en la cincelada copa de rubí y nácar que encierra el néctar de la vida para los que bendicen el amor.

—¡Francisca!

—¡Ildefonso!

---

79 *Burbujar* en el original.

IX

El dominio que alcanzan en la vida los corazones perversos sobre el alma delicada de un hombre postrado en la desgracia, decididamente que es aterrador, porque éste, convirtiéndose en máquina inconsciente, obedece sólo al motor que le impulsa, como la rueda hidráulica al peso del agua que le cae.

Don Valentín triunfó sobre el espíritu enfermo de don Antonio López, y esta vez tenía que suceder la trasgresión aquella de los seres que se arrastran primero como reptiles para alzarse después como tiranos.

Por eso Cienfuegos midió todos los ángulos del edificio moral durante largos meses y calculó que, en el momento preciso, todo el peso debía caer sobre el amigo al que, vendiéndole una salvación aparente y momentánea, sólo le convertía en editor responsable para un caso de caída.

Por fortuna López estaba dotado de buena índole y ésta debía actuar en las situaciones solemnes de su porvenir.

No es oportuno adelantar sucesos.

Entremos de nuevo al escritorio donde quedaron don Valentín y don Antonio.

Cienfuegos se sentó en la butaca y, procurando sostener toda la confianza del señor López, le dijo:

—Al fin, amigo mío, al fin te has convencido. Aquí viene bien el refrán de *la gota cava la piedra*, o si quieres el otro, *dádivas quebrantan peñas*; pero, te repito que no te pesará. En dos años de trabajos bien llevados tendremos todos nosotros con qué abandonar la estéril, triste vida de provincia, para trasladarnos a Lima, a esa llama de placer en cuyo torno revolotean las mariposas de la dicha, donde dicen que hay mujeres como sirenas, cocheros como ca-

balleros, y caballeros como cocheros, donde se alza la gran mitra del Arzobispo, donde se reúnen los Congresos y se reparten los empleos de la Nación;
donde existen clubs y logias ¡cáspita! que sé yo qué más.

—Esa es la parte fantástica de los sueños del porvenir, Valentín; pero
ahora debemos concretarnos a la realidad de la situación –objetó el señor
López con seriedad tomando un pedacito de papel de sobre el pupitre y en-
carrujándolo entre las manos.

—Ya lo sé sin que me notifique el escribano, buen amigo mío; pero como
nadie nos apura y el día es nuestro… –repuso Cienfuegos con calma estirando
las piernas.

—Te equivocas, Valentín. A mí me urge restablecer el crédito sin pérdida
de más tiempo. Esa casa de Estaquillas…

—Ya, ya –interrumpió don Valentín poniéndose de pie. Sacó en seguida
del bolsillo un manojo de papeles cuyos sobrescritos revisó atentamente hasta
encontrar uno que tenía la anotación de S/. 20,000 (depósito), el mismo que
entregó a don Antonio después de escribir y firmar en él la frase *a la orden
del portador*.

—¿Estos fondos ingresan a la caja común, cuenta Minas, no es verdad?

—Sí.

—Y ahora Estaquillas y Compañía volverán a ofrecerte su saludo de
atención y las *muestras* de preferencia para los pedidos colmarán tu capricho
en los mostradores –dijo riendo con sorna don Valentín.

El señor López estaba profundamente abstraído por una idea. Arrojó lejos
la pelotilla de papel que estrujaba maquinalmente entre los dedos, recibió el
documento sobre cuya página repasó la vista sin desplegar los labios, volvió
a doblarlo y lo guardó en el bolsillo.

La alegría que en otra persona hubiese producido el cambio tan repentino
y favorable, de una situación financiera precursora de la muerte, en don Antonio López no produjo más que la seriedad de las situaciones solemnes.

Cualquiera al ver la actitud y el semblante de don Antonio López en
aquellos momentos, habría creído que ese papel que guardaba era su sentencia
de muerte, y penetrando en el arcano [80] de su pensamiento habría visto que
desfilaban unos tras otros los nombres y apellidos de las personas cuyas firmas
aparecían en los documentos de Cienfuegos, lista a la que él acababa de
agregar su nombre estampando la firma que hasta esa fecha importaba tanto
como la honorabilidad y el trabajo.

¿Podría dar un paso atrás? ¡Imposible!

¡Ese paso significaba para don Antonio López la tumba o el deshonor!

—¡Hombre! ¡que te elevas a la quinta potencia! –dijo don Valentín,
dando una palmada suave en el hombre derecho del señor López.

—¿Qué quieres Valentín? –repuso fingiendo sonrisa. –Paréceme que
estoy todavía bajo la influencia de una pesadilla.

---

80   *Arcano*: secreto muy profundo y reservado.

—Bueno, pues, despierta, y… manos a la obra –dijo Cienfuegos frotándose las manos con entusiasmo.

—La primera diligencia se reduce al personal, ¿no?

—¡Clarinete![81] Desde que lo primordial es el sigilo, hay que alejar de la vecindad cuanto estorbe, y… aquí viene tu sacrificio magno.

—¿Para mí?

—Para ti solito, puesto que será necesario inventar un viaje cualquiera para doña Eulalia.

—¿Por cuánto tiempo calculas?

—Por lo menos durante los diez primeros días.

—Eso sí; podré conseguir que vaya a hacer una visita a su mamá.

—A tu suegra.

—Sí, a mi señora suegra.

—Te ofrezco mi casa también, y creo que esto sería lo más prudente porque así Asunción quedará satisfecha por su parte.

—Apruebo tu idea. ¿Es celosa doña Asunción?

—Como un gato.

—Pues, yo procuraré arreglar el viaje, y por tu parte anúnciale de antemano a la señora que Eulalia irá a verla.

Se dejaron oír cuatro campanadas, y López dijo:

—Llaman a almorzar. Supongo que no te irás en ayunas.

—Ni aunque me despidas, y ahora deseo saludar a tu Eulalia cuyas benévolas miradas necesitaré en adelante, puesto que me verá con más frecuencia en la casa. –observó Cienfuegos sacándose el poncho mientras el señor López abría la puerta cerrada rato antes por Valentín, y dictaba algunas órdenes para la cotización de sus libramientos y el aviso a Estaquillas y Compañía.

---

81   *Clarinete*: (coloquial) expresión por ¡Claro!

X

Cuando Manonga salió de la casa de doña Asunción, ésta quedó entregada a la terrible lucha de la duda aguijoneada por los celos.

Los celos son los *diablos azules* [82] del alma.

El celoso ve, oye y palpa los mismos fantasmas que crea el cerebro trastornado por el inmoderado uso del alcohol.

—¡Tontonaza yo que no me he llevado de las prudentes advertencias de mi director! Sí, ella, la hipocritona, es la única que tiene la culpa de la vida que paso. Sobre ella caigan las lágrimas que derramo diariamente a los pies de mi señora Santa Rita, ¡ah! –repetía doña Asunción.

Entretanto Manonga llegó a su casa contenta como una chiquilla con sus cuatro soles de plata, y dispuso lo conveniente para el viaje a Rosalina cuidando de asegurar los rebozos de merino y de vicuña que ofrecería en venta a Eulalia, como un pretexto para entrar en charla íntima.

—¡Qué caballo ni qué tordilla[83] que sea menester! De aqui a la villa es un pasito que bien puedo hacer en la mulita de mi padre San Francisco, y echo mis cuatro soles a la bolsa de paño –se decía Manonga atando en una manta chica los rebozos, y echando el bulto a la espalda, tomó la rueca[84] preparada con vellones de cordero, y emprendió la marcha en la misma dirección que rato antes tomara Ildefonso, y casualmente en comisión complementaria de la que llevó aquél.

Por el camino pedregoso y quebrado, Manonga fue cantando al compás de las vueltas de su rueca:

> Dicen que los celos matan
> Los celos no matan, no,

---

82 *Diablos azules*: (loc.) algo que asusta y conmociona muchísimo. De la creencia popular acerca de que los borrachos ven "diablos azules" durante el punto máximo de su borrachera.

83 *Tordilla*: equino de pelaje gris oscuro matizado de blanco.

84 *Rueca*: instrumento para hilar. Se refiere al tipo manual, que consiste sólo en el huso que se hace girar con los dedos.

> Que si los celos mataran
> Ya estuviera muerta yo.

Anda que anda, ¿quién había de decir que Manonga con su menudito paso se fuese tragando cuadras sobre cuadras hasta llegar a la puerta de Ziska, a la que su novio requería de amores?

Ziska y Manonga eran amigas, así que al hallarse en la puerta resolvió entrar, y como lo primero que distinguió fue la yegua castaña de Ildefonso, gritó:

—¡Pesqué, pesqué al mochuelo en el olivo, caray! ¡Y cómo no pierde ocasión!

—Buena laya de ronda[85], y si te sale orzuelo[86] por lo que has visto, mía no será la culpa, Manonguiña –repuso Ziska colorada como la flor de granado.

—Ni mía tampoco, que quien cuida lo suyo a nadie pide prestado –dijo a su vez Ildefonso.

Y los abrazos cordiales se cambiaron entre los tres, estableciéndose conversación animada.

—A que te digo lo que hacías –dijo Manonga dirigiéndose a Ildefonso.

—A que adivino a dónde vas –respondió listo el mozo, mientras Ziska, empeñada en ofrecer asiento a la huésped amiga, sacaba un banquito de madera, mesa en miniatura, con el tablero lleno de rayas hechas con la punta de una segadera[87].

—Eso es claro, *catay*, que si yo te encuentro en el camino de Calca no he de decir que vas a la feria de Tongazuca –replicó riendo la moza.

—Descansa, Manuna, que sentada platicarás a gusto, mientras yo traigo un *potito*[88] para refrescar la garganta –dijo Ziska convidando el asiento a su amiga.

Y haciendo una mueca coquetona a Foncito, se dirigió al interior de la casa.

—Dios te pague, Panchula, porque das posada al peregrino, y te dé más hijos que a la perdiz vivaracha –contestó Manuela sentándose. A lo que agregó Foncito:

—Y que tú encuentres un cacique de leva ancha[89] y jaco brioso.

—¡Jajay! ¡Fulullo![90] –dijo riendo Manonga. Y después, tomando una actitud de misterio, preguntó a media voz:

—¿Vas a Rosalina en comisión de la niña, no?

—¡Y a ti qué!

—No te molestes Foncito, yo quiero que seamos compañeros de marcha y de empresa. Ya te contaré todo.

---

85   *Buena laya de ronda*: expresión para significar que quien anda vigilando, *de ronda*, tambien tiene su historia porque proviene de *buena laya*, u origen.

86   *Orzuelo*: protuberancia rojiza similar a un grano que aparece en el borde de los ojos.

87   *Segadera*: hoz, herramienta que sirve para cortar la mies (trigo, etc.) a mano.

88   *Potito*: recipiente tradicional confeccionado con la cáscara de la calabaza, fruto de *Lagenaria Vulgaris*. De acuerdo con su forma se le da diversos usos y denominaciones como "lapa", "mate", "abinco", "poto", "cojudito", etc.

89   *De leva ancha*: poderoso y respetado, capaz de "levar" mucha gente para servicio.

90   *Fulullo*: diminutivo cariñoso de fulo, enloquecido.

—Si así viene la fiesta otra será la procesión y…

—Poco a poco, Foncito.

—Cierto, Manuca, que con paciencia se desata la madeja.

—*Catay* que me hace gracia la buena de la señora Asunción con estos celos del tamaño del campanario, cuando ella es la que da lugar a todo.

—¿Cómo?

—Clarito, clarito. Si tú te desposas con tu Ziska, y ella en vez de estar en tu casa dando *phiroy*[91], *phiroy* a la rueca, y atizando la candela para el chupe[92] de *muñas*[93], mientras tú trabajas en el campo cabalgando en tu lomillo, se va a la iglesia, y allí está mira que mira la cara de mi *tata* cura; y cuando tú llegas a tu casa encuentras frío el fogón, frío el nido que ha de calentarte, seco el *poto* que saciará tu sed…

—Caray Manonga, que estás recitando como una cartilla; y yo digo que tal cosa no aguanto, y que mi Ziska para mí ha de ser, y si tal cosa sucediera, me voy a donde el tata cura y me arremango los puños y, acatando respetos, le digo: señor, sí señor, ¿es suya o es mía esa chica? —interrumpió Ildefonso moviendo el pie izquierdo y levantando las manos.

—¿Qué, ustedes se van a matar? —dijo Ziska apareciendo con un *poto* lleno de chicha de cebada, amarilla como el oro y espumosa como el mar.

—No paloma, que aquí nadie muere sino yo que estoy muerto de amores —respondió Ildefonso poniéndose de pie, recibiendo el *poto* de manos de la muchacha y pasándolo a Manonga que lo tomó con ambas manos.

—Yo le sacaré el veneno —dijo y apuró buenos tragos pasándolo en seguida a Ziska que bebió después de brindar con el ademán a Ildefonso.

—A la buena salud de ustedes dos —dijo éste a su vez, haciendo una venia, tomando el *poto* y empinándolo hasta dejarlo seco.

—¡Jesús, y qué sed la del mozo! Parece chacra asoleada — dijo Manonga en tono de broma.

—Es por hacerle gasto a mi princesa.

—Y con ello me dan ganas para sacudir la botija y bajar el pendón[94] —contestó alegre Ziska.

—Pero a todo esto el sol se nos viene encima, Ildefonso, y no hemos quedado ni en el peso ni en los ocho reales[95] —dijo Manonga.

—Bueno, sí, yo voy a la villa a ver si don Valentín está en casa del señor López.

—Yo voy a casa de la señora Eulalia a saber por qué está allí don Valentín.

—Manonguilla, yo te propongo una transacción —dijo riendo con malicia el mozo.

—¿Y…?

—Te vas sola a la villa en la castañita, y yo me quedo esperando tus noticias, que para una sola averiguación mucha gente somos dos.

---

91 *Phiroy*: onomatopeya, por sonido que produce la rueca al girar.

92 *Chupe*: guiso líquido o sopa espesa.

93 *Muñas*: muña muña o Chancua *Mintho-stachys*, planta aromática.

94 *Bajar el pendón*: abrir el expendio de chicha, por el *Aqha llanthu*, especie de bandera que se ponía en el frente de las chicherías.

95 *No quedar en el peso ni en los ocho reales*: expresión para significar que no se ha obtenido lo buscado. Ocho reales equivalían a un peso.

—Eso quisieras tú; pero el día de Corpus[96]… —replicó Manuelita dando un codazo a Ziska que se había quedado en actitud de escuchar.

—Será mejor que sude la yegua, para lo que falta —propuso Ziska deseosa de prestar un servicio a su amiga.

—Eso sí acepto, pero que se quede él despachándome como el correo[97] de dos pestañas amarradas[98] no es justo, Ziska, ¿o qué dices?

Ziska miró sonriendo a Ildefonso, y éste respondió guiñando el ojo a su novia.

—Bueno, yo a todo me allano, si da su permiso la dueña de la casa.

—Trato hecho y hasta más ver —dijo Manonga poniéndose de pie en disposición de marcharse.

Ildefonso corrió entonces hacia la yegua, acomodó el pellón extendido hasta el anca, y preguntó:

—¿Quieres adelante, o quieres atrás?

—Ella que vaya en la silla —ordenó Ziska.

—Sí, en la silla tú —dijo Ildefonso disponiéndose a suspender a Manonga sobre la cabalgadura.

—No hay necesidad de que tú sueltes tus fuerzas ¿para qué? Yo puedo subir desde esta piedra —observó ella al mozo que acercó la yegua a la piedra señalada y Manonga cabalgó con agilidad.

Ziska le arregló los vestidos, envolviéndola los pies con el vuelo de la pollera y dijo:

—Aguarden pues un momento, que hemos de tomar el *anda vete*[99] —y fue corriendo hacia el interior de la casa con el *poto* vacío que rato antes pusiera sobre el banco de madera.

---

96   *El día de Corpus*: expresión para indicar que lo se espera es muy deseado, como una fiesta. Se refiere a la celebración de Corpus Christi, el jueves siguiente al séptimo domingo después de la Pascua. Instaurado en Perú en 1572 con la intención de reemplazar a la celebración de Inti Raymi, principal fiesta de los incas en la que rendían culto al dios Sol. El resultado fue una fiesta popular donde se mezclan ambas culturas.

97   *Despachar como el correo*: (fam.) sin pedir por favor ni dar explicaciones.

98   *De dos pestañas amarradas*: (fam.) sin dar lugar a resistencia; similar "a llevado de las narices".

99   *Anda vete*: copa de despedida.

XI

Una gota de duda vertida en el corazón amante de la mujer es como la polilla que se aposenta en el guardado tronco. Pronto se posesiona de él y carcome las fibras más delicadas echando por tierra el más sólido edificio.

Si las observaciones de Eulalia la llevaron a la cavilación, las palabras del cura Peñas vertieron terrible veneno en aquella alma que principió por cavilar y acabó por la duda, madre legítima de los celos.

La impaciencia devoraba ya el sistema nervioso de la señora de López ante la espera de las tres, hora de la cita del cura, y cuando vio a su esposo en compañía de don Valentín Cienfuegos, se dijo:

—No debo ser imprudente, disimularé, les haré ver que nada temo, que nada sé, porque ese Valentín, indudablemente, es el partícipe de los secretos de mi Antonio desde el día en que él los calla para mí. Si calla, lo sé, lo adivino, ¡Antonio no es ya el mismo de antes para mí...!

—Buenos días, señora Eulalia —dijo Cienfuegos llegando.

—¡Hola, don Valentín! ¿y qué tal mi Asunción?

—Vegetando, señora, vegetando la pobre.

—Hombre, no la desopines así; yo hablaré por ella —dijo López haciendo hincapié en la frase, para recordar a don Valentín sus palabras en defensa de Eulalia.

—Todos vegetamos, y ¿qué hay en ello?

—Simplemente que a nosotros no nos gusta la sentencia —observó Eulalia, y agregó —Yo no sabía que usted nos acompañaría a hacer penitencia; pero, voy a pedirles permiso de cinco minutos para preparar yo misma una tortilla de espárragos, y entretanto, Antonio, sirve una copita de cualquier cosa —dijo la señora de López con amabilidad dirigiéndose a su marido y saliendo precipitada.

—No seré mal comisionado. ¿Qué deseas, Valentín? –preguntó a su vez López.

—Si la licorera no está seca de *naranjete* [100], gustaría un trago de él –repuso Cienfuegos abotonándose el saco.

—Supongo que no esté seca –dijo Antonio levantando una botella de cristal de Bohemia, con dos dedos de un líquido color topacio que vertió en dos pequeñas copas, y alcanzando una a su amigo, que observó:

—Este es un cortante de buen filo para la bilis[101]…a tu salud.

—A la tuya –repuso Antonio apurando también el contenido de su copa, escupiendo el rezago y limpiándose los bigotes con un fino pañuelo de seda carmesí, mientras que Cienfuegos tomaba una servilleta de la mesa para enjugarse los labios; y en seguida dijo:

—Qué feliz eres con tu mujercita, Antonio.

—Sí, lo soy, querido Valentín. No todo es truenos en la vida. Bendigo a Dios porque, en medio de las tempestades de la existencia, ha puesto junto a mí a ese ángel con faldas y blondas[102], como luz que alumbre las tinieblas del camino.

—¡Qué diferencia de mi casa! –dijo don Valentín ahogando un suspiro.

—¿Y qué?

—¡Ay Antonio! Mi mujer es la verdadera hidra que se baña todos los días en agua bendita, y en mi casa no hay orden de ningún género. La iglesia es el lugar donde mora todo el santo día, y yo, acaso, el último de quien se acuerda. Soy un desgraciado en mi hogar, soy un bárbaro, Antonio, porque un día de desesperación he puesto hasta las manos ¿podrás creerlo? hasta las manos en la mujer a quien me vinculé… no sabré decirte fijamente si por pasión o por entusiasmo.

Al terminar estas palabras don Valentín Cienfuegos, estaba transformado. Sus pómulos habían tomado el tinte aceituno que las grandes emociones dan a la raza indígena, y sus pupilas brillaban con una luz fosforescente, peculiar a las fieras en acecho de su presa.

Don Antonio López también estaba conmovido, y ansioso de apaciguar el ánimo del amigo que horas antes lo salvó de la terrible crisis financiera, le dijo con suave acento:

—No desesperes, Valentín, desgracias que vienen de esa manía de la mujer, hija exclusiva de la ignorancia y la desocupación en que vive tienen, por dicha, un remedio salvador.

—¿Cuál, cuál?

—Apártala afectuosamente de la manía del rezo, para que vaya a la casa de Dios sólo en las horas precisas; inspírala el amor al cumplimiento del deber como la suprema ley de la humanidad; haz de su corazón libro abierto donde no haya secretos.

---

100 *Naranjete*: (fam.) bebida alcohólica color anaranjado.
101 *Cortante para la bilis*: digestivo.
102 *Blondas*: encajes de seda – (como adjetivo, indica el color rubio del pelo).

—¡Imposible! Ya es tarde –repuso don Valentín moviendo la cabeza; y sus palabras mordieron como una víbora el corazón de don Antonio; porque le recordaron que, desde pocos meses atrás, él ocultaba a su Eulalia los secretos pesares de su alma y que, desde ese día mismo, existía un terrible secreto entre los dos, el del documento rubricado horas antes.

Reinó el más profundo silencio entre los dos amigos que, de pie, trataban de dar algunos paseos en la habitación, cuando Eulalia se presentó con los carrillos encendidos al calor del fogón, frotándose las manos humedecidas con Agua de la Banda[103], para disipar el olor de la pimienta y especias que empleó en la confección de la tortilla de espárragos.

—Este es tu asiento, Valentín –dijo el señor López señalando la derecha.

—Usted disimulará, señor Cienfuegos –observó Eulalia.

—Suprima usted las fórmulas[104] señora.

—Aquí siempre hay buena voluntad –dijeron alternativamente mientras llegaban los sirvientes con un caldo bien suculento de cordero con arroz, garbanzos y berrazas[105], cuyo olor era capaz de abrir el apetito de un dispéptico.

Eulalia guardó después prudente silencio observando las menores impresiones en el semblante de su esposo, cuyos grandes ojos estaban rodeados por un círculo azulino, y en cuya frente parecía extenderse la nube del insomnio y de la meditación trabajosa.

Don Antonio López se esforzaba por su parte para disimular, pero no podía esconder del todo las impresiones de su espíritu a la doble vista de la mujer que le amaba con toda el alma y que, en aquellas horas, se sentía atacada de los primeros síntomas de la más cruel de las enfermedades: los celos.

---

103 *Agua de la Banda*: (Perú y Chile) se trata de una deformación de lo escrito en el rótulo de las botellas de "eau de Lavande"; correctamente agua de Lavanda (*Lavanda angustifolia*) también conocida como Espliego o Alhucema.

104 *Suprima Ud las fórmulas*: no haga cumplidos; tratémonos en confianza.

105 *Berrazas*: (Apium nodiflorum) especie vegetal parecida al apio que se desarrolla como los berros en aguas dulces. Se comen como ensalada y también fritas. *Berracas* en el original.

XII

Para el curso ordenado de esta historia, necesitamos determinar el estado de ánimo del cura don Isidoro Peñas cuando optó por el medio de ir a la casa de Eulalia a comprometerla, personalmente, a una entrevista escudada por las tablas del confesonario.

Había velado íntegra la noche anterior, revolviendo su cuerpo de un lado a otro en las sabanas de hilo, perfectamente aplanchadas, que para su sistema nervioso sublevado reemplazaban en aquellas interminables horas a las quemantes parrillas en que fue acostado Lorenzo, el sublime mártir de su fe.

—¡Mujer fascinadora! Yo, empero, tengo en mis manos el poder que ninguno alcanzó en la tierra. Yo te venceré, yo terminaré por triunfar de ti… ¿Qué mucho que yo gane la partida…? Su cuello ebúrneo[106], sus carnes rosadas trasparentando sangre caliente, ese vino generoso que *aquél* beberá en los labios de ella… En estos mismos momentos, acaso, reclinado en sus torneados brazos apura él mi cáliz… ¡no!… ¡el cáliz de ambrosía, el cáliz del placer…!

Todo esto repetía delirante el cura Peñas sobre las ascuas de sus sábanas, y huyeron las tinieblas de la noche ante la llegada del primer rayo de luz, y él alzó sus ropas con manifiesto desenfado mascujando frases entrecortadas, y después agarró el libro de rezo y lo abrió y volvió a cerrarlo por repetidas veces.

Unas cuantas palabras que el día antes le dijo en secreto la cocinera de la casa del señor López zumbaban en su oído como un moscardón eléctrico sacudiendo todo su organismo.

—En vano, en vano intentaría sujetar a este diablillo que brinca en la fantasía –se dijo moviendo la cabeza, y todavía abrió de nuevo el volumen por

---

106   *Ebúrneo*: de marfil.

la página 214, entre cuyos renglones estaba escrito *Venid a mí los que sois mansos y humildes de corazón*, sublime y divino llamamiento en que la calenturienta fantasía del cura no alcanzó a fijarse, cerrando el libro definitivamente, colocándolo sobre la mesa del velador, y arreglando con un peine de marfil sus cabellos en desorden.

—No hay plazo que no se cumpla; hoy se cumplió el mío. El de ella, el de los dos, ¿qué? ¡el plazo de los tres...! ¡Las revelaciones de Juana la cocinera son terminantes...! Necesito calma, necesito tranquilidad. ¡Ah! la superficie del lago es mansa y trasparente; no importa, no, el cieno de su fondo. ¡Humanidad! ¡humanidad! —decía el señor Peñas terminando su esmerada compostura. Y después tomó su sombrero negro de fieltro, le dio unas cuantas sacudidas con un pañuelo de seda morado que sacó del bolsillo de la sotana, en donde volvió a guardarlo, cubrió su cabeza y salió con paso grave, estudiado, casi midiendo la distancia entre un pie y otro pie.

La cocinera Juana de la casa de don Antonio López era hija de confesión del señor cura Peñas, y por consiguiente el termómetro que fue marcando por grados el estado de la felicidad reinante entre los esposos López.

—*Taitito*, comen como dos palomas, ella no piensa más que en el señor, el señor vive sólo para la señora —eran las frases que cada ocho días repetía Juana al oído del confesor, pero, llegó momento en que aquellas noticias monótonas para ella y matadoras para el señor Peñas se trocasen por éstas:

—*Taitito* ya no son palomas. El señor se encierra solo con frecuencia; la señora derrama lágrimas a escondidas, y una nube negra está rodeando la casa.

—¡Esta es mi hora! —se dijo el cura Peñas en el momento de esa revelación. Y aquella noche huyó el sueño de los párpados del señor Peñas; y un volcán ardió en su pecho, y la sangre afluyó a sus sienes, y el corazón aumentó sus pulsaciones al oleaje de la tempestad que llegaba.

Y la tempestad estalló por grados, formidable e irresistible.

El cura Peñas amaba con verdadera pasión a Eulalia cuya infancia había velado viéndola crecer en edad y en hermosura, a la par que había presenciado el desarrollo de su corazón de mujer en miniatura, pues él escuchó su primera confesión con pecados de muñecas, y vio el delicado capullo tornarse botón, y luego flor cuyos perfumes fueron para otro.

El día en que la muchacha le dijo:

—Padre, le amo más que a mi madre, más que a mis hermanas, más que a todo —un dardo atravesó el corazón del señor Peñas, y sin poderse contener preguntó:

—¿Más que a mí también?

La muchacha retorció sus manos entre las tablillas del confesonario, cerró los ojos y cerró los labios.

—Callas, lo sé; Eulalia, hija mía, yo quiero que seas feliz, si él es digno de ti, yo no me opongo; pero ¿me prometes una cosa?

—La que usted quiera, señor.

—Todos los impulsos de tu corazón, lo que tú sientas, lo que tú hagas, lo que hagan los dos; todo tengo que saberlo, yo primero que nadie ¿y tú dirás sólo aquello que yo te permita?

—Sí, señor.

Y la víspera de las nupcias, Eulalia volvía a renovar la promesa, y fue instruida de los secretos que debieran descubrirse entre los brazos del esposo, y el cura Peñas al terminar dijo retorciendo sus manos debajo de su hábito.

—En esos días, Eulalia, ¡acuérdate de mí!

Y una sombra veló la frente del sacerdote, y una venda cayó a medias de los ojos virginales de la niña.

Cuando Eulalia llegó al altar de Dios y fue conducida después al otro altar de flores preparado por la delicada mano del amor, fue sin reserva la casta desposada de López y emocionada traicionó el secreto que se impuso.

Y López ebrio de amor, arrancó la promesa solemne recogiendo en sus mismos labios las palabras:

—¡Eternamente tuya, nadie entre los dos!

¡Ah! Todas las escenas de la infancia y de la juventud y del desposorio de Eulalia coronada de azahares y ceñida de perlas, pasaron con precisión fotográfica por la calenturienta cabeza del señor Isidoro Peñas, la noche anterior a la mañana en que le vimos llegar al retrete de la señora de López y sentarse junto al tiesto de violetas.

XIII

Ziska regresó ligera como un gamo[107] y alcanzó a Manonga el poto.

Ella lo agarró con ambas manos mientras que Ildefonso sujetaba por pre-
caución las riendas del animal.

—Con esta sed, *ni más* que habré de necesitar hasta la noche; a tu buena
salud, Ziska —dijo Manuelita y bebió.

—Que sea de buen provecho.

—Ahora brindemos a Foncito que va de *diputao* a la villa —observó Manonga riendo y devolviendo el *poto* a lo que el mozo repuso:

—¿Y tú de qué vas embrollona?

—Chist, que los amigos no se arañen —interrumpió Ziska, obligando a
beber a Ildefonso, y después bebió ella.

Ildefondo para despedirse abrazó a su novia diciéndola al oído:

—Una cosita he pensado y voy a ejecutarla…prontito he de llevarte donde
el cura.

Ziska sonrió con malicia y su novio cabalgó de un brinco en ancas de la
yegua, tomándose por broma de la punta que formaba el pequeño atado de
robozos de Manonga y dando talenazos a los ijares de la cabalgadura.

Manonga torció las riendas y dijo:

—Adiós, Ziska; saluda a tu mama cuando regrese.

—Paloma, hasta pronto —agregó Ildefonso.

—Adiós, hasta más ver —contestó la muchacha despidiéndolos con la
diestra, y colocando el *poto* vacío sobre el banco donde también se sentó algún
rato para ver la partida de sus amigos.

107   *Gamo*: (Dama dama) ungulado de la familia de los cérvidos, más chico que un venado.

—¡Zas! que me voy para acá ¡zas! que me caigo —comenzó a decir el mozo, haciendo contorsiones con el cuerpo, a la izquierda y a la derecha.

—Bien caído y bien aporreado será el que *de adrede* se escurra —observó Manuelita, sin hacer grande aprecio de las monadas de Ildefonso.

—Pero tendrás que pagarme el alquiler de mi jaca —agregó Foncito asiéndose con ambas manos de la cintura de la muchacha.

—Como no sea con un zoquete al muy *liso*[108] —contestó ella un tanto enfadada, pegando un chicotazo a la yegua, golpe que fue a dar de rebote en el pie de Ildefonso.

—No fue para tanto, *Monuna*: tú sabes que estoy *apalabrao*[109], ya tengo prendido el corazón en la ramita de un pecho, que si tal no fuera, ésta sería la hora de mi salvación —aclaró Ildefonso asomando el rostro por la oreja derecha de Manonga como para mirarle los ojos.

—Basta de bromas, Foncito. Hablemos como cristianos con bautismo y confirmación.

—Sí, a eso voy precisamente, Manuca ¿tú crees que desde que salí de "Palomares" y sus caseríos yo no vine atando punto y punto para llegar a la casa del señor cura?

—¿Y qué?

—Facilito.[110]

—Te digo que hablas latín.

—Despacio que mi padre no fue...

—No te entiendo hombre.

—Pues tendrás que entenderme, Manuquiña, cuando te diga que si yo llego a la casa de don Antonio López he de necesitar decir a don Valentín qué motivos me llevan, y cata[111] que he pensado en que voy a hablar a don Antonio para que me sirva de padrino.

—Padrino de qué?

—De casamiento pues, y *tate* que si la cosa prende salgo ganando yo y gana mi Ziska, y si no prende gana mi señora doña Asunción.

—Eres más zorro que tu abuelo —dijo riendo Manonga.

—¿Te parece mal?

—¿Qué? Ni la vieja de la Rinconada teje mejor que tú.

—Dios te lo pague.

—Eres listo, y tu corazón está bien comido por el gusano del enamoramiento.

—Otra cosa oye.

—Con las dos orejas.

—En aquel recodito te dejo yo. Me parece que si nos ven entrar juntos al pueblo algo dirían.

—¿Yo? ni por pienso que entraba así, aun deseaba dejarte en medio camino con tu jaca y tu lengua habladora.

---

108 *Liso*: (loc.) atrevido.
109 *Apalabrao*: (vulg.) comprometido.
110 *Facilito*: de fácil, algo claro de entender.
111 *Cata*: fíjate; de catar, probar, evaluar.

—No te enojes, reina.

—¿Por qué me habla de enojar? ¡*gua*! ¡Y cómo nos hemos venido hasta aquí sin sentirlo?

—Es que el pasito de la castaña convida a dormirse.

—Pues, en esa piedra grande me apeo y me siento a descansar mientras que tú ganas terreno.

—Trato cerrado –dijo Foncito saltando a tierra y tomando las bridas de la jaca para asomarla al peñón.

Apeóse Manonga, arregló sus faldas, sacó la rueca asegurada en el cordón de la cintura, y el mozo cabalgó solo, arrancando después al galope de la castaña.

XIV

Los tres comensales de la mesa de don Antonio López tenían su imaginación distraída por distintas preocupaciones, aunque cada uno aparentaba diferente cosa.

Don Valentín miraba con detención al soslayo a Eulalia; ésta, ante una idea fija en su mente como un dolor neurálgico, estudiaba el semblante de don Antonio, que por su parte revolvía mil combinaciones en su mente.

El silencio, sin embargo, no podía prolongarse por más tiempo, y fue don Valentín el primero en romperlo:

—Le guardaba el secreto, señora; no sabía que esas manos de alabastro supieran preparar una tortilla tan exquisita –dijo, cruzando el tenedor sobre el plato y poniendo a un lado un pedacito de pan.

—¿Sí? Pues yo, don Valentín, soy de opinión que el tizne de la cocina es medalla de honor para el ama de casa –contestó Eulalia con ingenuidad en momentos en que el criado distribuía las tazas de café.

El señor López sonrió ligeramente sin salir de su abstracción, y Eulalia preguntó:

—¿Tomas con leche el café, hijito?

—Como gustes, soy indiferente a la elección.

—Para mí, solo –dijo a su vez Cienfuegos.

Y momentos después todos tres dejaban la mesa despidiéndose Antonio y Valentín de Eulalia para dirigirse otra vez al escritorio, y ella entró en su departamento, donde se sentó en el diván, mudo testigo de mil escenas dulces y por entonces confidente, también mudo, de las dudas y las congojas de un corazón apasionado.

La observación fisiológico-moral ha demostrado ya lo suficiente que en estos casos el mayor esfuerzo empleado para extinguir la fuerza pasional es inútil, y sí, lo más probable y peligroso, cambiar de objeto; porque en ese rudo cambio parece que las corrientes crecen; y si a ellas se agrega alguna dificultad material, el drama raras veces veces se deja esperar con un desenlace desastroso.

Eulalia estaba dotada de un temperamento impresionable y ardiente que así se conmovía con el llanto de un niño como aplastaba con energía la dificultad.

No obstante, su *índole*, eso que los moralistas llaman inclinaciones y los fatalistas califican de predestinación, su índole estaba amasada en el bien; y ella, solamente ella, la hacía superior a situaciones dolorosas.

Eulalia aguardaba con impaciencia.

Cuando el reloj de la sala dio un campanillazo y los punteros marcaban en la esfera las dos y media de la tarde, Eulalia brincó del asiento en que estaba cavilando, y fue a cambiar la bata blanca por su vestido de calle, de rico *moirée*[112], prendióse la manta de iglesia, calzó sus delicadas manos con los suaves guantecillos de seda negra, y se dijo:

—Está resuelto. Sí, es mejor. Yo no digo nada a Antonio. Después de mi entrevista con el señor Peñas, según y conforme, le contaré o no. Sobre todo, como es la primera vez que hago esto, él no tendrá por qué disgustarse —y salió con paso sereno en dirección al templo, murmurando algunas frases en el camino.

Entretanto el señor López y Valentín hablaban de este modo en el escritorio:

—¿Has elegido sitio?

—El más aparente me parece hacia la quinta avenida de la derecha, donde podemos disponer de ochenta varas cuadradas, y habrá practicable, un sótano de veinte varas.

—Que es lo más que se necesita.

—Por otra parte, la entrada quedaría en una habitación independiente.

—Sí, todo eso está calculado en el plano que te dejo, y en lo que debemos esmerarnos es en el personal externo.

—Ese tiene que ser todo de indios.

—Cabal. El indio hará las veces del mono[113] de Julio Verne[114] en *La isla misteriosa*[115].

—No podía presentarse mejor elemento para nuestros propósitos. El

---

112 *Moiré*: ciertos tejidos de seda que producen al reflejo aguas u ondulaciones visuales.

113 *el Mono en la Isla Misteriosa*: referencia al simio que los náufragos encuentran en una isla cercana y domestican al punto de hacerlo trabajar como un miembro más del equipo.

114 *Julio Verne*: (1828-1908) escritor francés autor de muchas obras de gran éxito, por lo general basadas en relatos de viajes extraordinarios, con innumerables referencias científicas y pseudocientíficas (algunos lo consideran el padre de la ciencia ficción) y dirigidas a la juventud, como *Cinco semanas en un globo* (1862, su primer novela), *Viaje al centro de la Tierra*, *De la Tierra a la Luna*, *Los hijos del capitán Grant*, *Veinte mil leguas de viaje submarino*.

115 *La isla misteriosa*: tercer título de la trilogía escrita por Julio Verne, compuesta por *Los hijos del capitán Grant* (1867-1868), *Veinte mil leguas de viaje submarino* (1870) y *La isla misteriosa* (1874).

indio envuelto en la noche de la ignorancia no sabe leer ni entiende el castellano; supersticioso y oprimido, él creerá cualquier embrollo.

—Exactamente, Valentín, no me había fijado en esta parte.

—Así es que queda convenido.

—Sí, tomaremos cuatro *pongos* al servicio, con ellos basta.

—Magnífico.

—Y se pone manos a la obra desde el lunes.

—¿Qué día es hoy?

—Jueves si no me equivoco.

—Pues, corriente. Y el viaje de doña Eulalia quedará para el domingo, ¿no? –preguntó Cienfuegos interesado.

—Lo espero –repuso López, velándose el rostro con una palidez momentánea.

—¿Dan mis señores su licencia? –dijo un hombre desde afuera.

—¡Adelante! –contestó López sorprendido, y apareció Ildefonso haciendo cumplimientos reverenciales.

—¡Ah! era este pájaro –observó Cienfuegos.

—¿Cómo vamos, don Ildefonso? –dijo el señor López y el mozo contestó con vivacidad:

—Mal de bolsa y bien de amores, mi señor patrón. Pues venía sin calcular que estuviese aquí don Valentín, a hablarle del nudo decisivo, porque yo y la chica hemos querido elegir a usted para nuestro padrino.

—Bueno, bueno, y ¿quién es ella?

—Alguna alcaldesa o alguna *jueza* de paz –interrumpió con sorna Cienfuegos.

—No fuí jamás, señor, a esas alturas de vara, que trabajo en campo y se que la buena flor hay que escogerla en lo bajo. Mi novia, para servir a ustedes, es Francisca Espiroma, hija de Mónica Canales y Eugenio Espiroma, casados –dijo Ildefonso colorado como una remolacha y tragando la saliva por repetidas veces.

—La Ziska, bueno.

—Te felicito y con el mayor gusto acompañaré al altar tan donosa pareja.

—¡Mi patrón!

—¿Y cuándo es el gran día? –preguntó el señor López.

—El día no lo hemos fijado nosotros, porque eso depende de la voluntad de usted y del buen humor del señor párroco que de fijo nos dirá: la paga adelantada.

—Bueno, puedes ver hoy al señor cura Peñas en mi nombre, toma esta tarjeta y arregla para cuando quieras –respondió don Antonio alargando a Ildefonso una cartulina con su nombre.

—Gracias, señor, en mi nombre y en el de Ziska, gracias –dijo Foncito tomando la tarjeta, y don Valentín agregó dirigiéndose a López:

—¡Cascarillas![116] Con la sangre fría que tienes para empujar a las volandas[117] al matadero...

—Es que a ti te va mal en la feria y por eso hablas en contra.

—No tema mi patroncito que yo me dé golpes de pecho por la elección. Yo conozco mucho, muchísimo a la chica y la he probado en varias ocasiones.

—¿Qué?

—¿Cómo Ildefonso?

—Sí señores, como ustedes lo oyen. Ella es amiga de su casa, lava y plancha como una gringa, hace calceta y malla y cocina con sus manitas de arcángel cosa de chuparse los dedos.

—Buena está la apología, te felicito como no tengas que chupártelos de veras –observó Cienfuegos.

Durante aquella entrevista, Ildefonso que no era lerdo examinaba con sus ojuelos de gavilán los semblantes de sus interlocutores y los menores detalles del escenario, deseoso de coger algunos hilos para tejer su respuesta a doña Asunción.

116 *Cascarillas*: aquí expresión de asombro como "cáspita" o "caramba"
117 *A las volandas*: rápido, con apuro

XV

L a puerta principal del templo estaba cerrada y sólo se había dejado el postigo abierto.

El claro oscuro de las sombras entre las naves, el silencio sepulcral que bajo sus bóvedas reinaba, el aire tibio impregnado en las paredes saturadas del olor del incienso; todo contribuía a preparar el alma a impresiones fuertes.

El señor cura Peñas paseaba en la sacristía, asomando tal cual vez[118] la cabeza por la pequeña puerta, encontrándose sus ojos siempre con la impasible figura de un San Isidro que yacía en el altar fronterizo, apoyada la mano derecha en el arado, llevando en la izquierda un haz de espigas de maíz, frescas, que sus devotos cuidaban de renovar diariamente, durante la estación.

La constitución nerviosa del señor Peñas incrustada en su físico grotesco, revelaba claramente el antagonismo que existe entre el hombre nacido para la ruda lucha material de la vida en la faena de los sentidos, y el que nace con la intuición espiritual para esa otra lucha sublime del alma que avasallando la materia a cada momento nos señala el cielo límpido de las creencias, el cielo de nuestras esperanzas.

Y ahí el que comercia con lo santo.

Y aquí el que santifica lo sublime.

De aquél se forma el mal cura; de éste nace el abnegado misionero.

Las pisadas de un breve pie calzado con fino zapato de cabritilla y tacones altos resonaron, por fin, en los antros del templo, y el corazón del señor Peñas se estremeció con el frío de una corriente de hielo, que no tardó en ser llama viva de un fuego abrasador que invadió todo su organismo.

El, que había leído tantos libros místicos y profanos, pensaba en aquellos

---

118   *Tal cual vez*: de tanto en tanto; a intervalos

momentos en la entrevista de San Francisco de Sales con Mma. Chantal[119], y una ligera sonrisa de intención asomó a sus labios, que fue como un lenitivo[120] al peso que sentía sobre su corazón.

Eulalia avanzó grave, mojó su mano ya desenguantada en la pila del agua lustral, santiguó su frente y después fue a arrodillarse a la reja de un confesonario de madera, casi en esqueleto.

Ella no tuvo que aguardar, porque el cura Peñas salió inmediatamente de la sacristía, y después de abarcar con una mirada el busto de Eulalia, se sentó en el augusto tribunal donde caen lágrimas de dolor enjugadas por la esperanza, donde a media voz resuenan frases criminales recogidas con caridad y perdonadas en nombre del cielo.

Trono de las sublimes purificaciones, iba a ser profanado por el hombre.

Pero ¿qué no ha profanado aquí el hombre?

Sólo Dios es santo, y dichosos los que de El no se apartan.

¡Estaban solos los dos!

Templo, altares y efigies sólo eran eran testigos mudos e impasibles de una escena que, sublime a veces, otras podría calificarse de un grito del alma enamorada que iba a resonar en otra alma, y cuyo eco llegaba a los inconmensurables horizontes de los amores imposibles.

—Santas tardes –dijo ella con voz casi imperceptible.

—A la verdad que te has hecho esperar bastante, hijita mía. Se conoce que ya has descuidado por completo tus asuntos espirituales, dando preferencia a lo profano, a lo inestable, a lo pasajero –dijo el señor Peñas.

—¡Padre...!

—Pues, hija, hija mía, yo he dejado que por ti misma te desengañes de la falsedad del mundo, yo no quise decirte una palabra; mas ahora, sé que negras nubes asoman en tu hogar, y tu padre espiritual no ha de ser indiferente... sí, yo lo sé sin que tú me lo digas...

El corazón de Eulalia, comprimido por secreto pesar, no tardó en desbordarse ante aquel exordio[121] de ternura y de amor paternal, y sus ojos se anegaron en lágrimas; y su pecho de alabastro se levantaba como leche hirviendo detrás de los negros pliegues de su manta de iglesia, en sollozos que fueron creciendo de punto.

—¡Criatura de Dios!... no he llamado a mi hija para verla llorar, sino para mitigar sus penas; para decirle, si te falta la paz allá, aquí tienes el corazón de tu padre... ¿Soy tu padre?...¿verdad?... habla pues, responde...

—Sí, sí –dijo brevemente Eulalia.

—Pero tú has de probarme esto; y ahora hija mía, te pido que te calmes, que serenes tu espíritu.

—Está bien, señor –contestó la señora de López enjugándose los ojos con un pañuelo de fina batista que sacó del bolsillo, y procurando tranquilizar su ánimo.

---

119 Se refiere al hecho ocurrido en 1604 cuando Juana Francisca Fremiot, viuda del Barón Christophe de Rabutin-Chantal, conoció a San Francisco de Sales. Muy impresionada bajo su guía espiritual tomó la decisión de dedicarse por completo a la vida religiosa y repartió sus joyas y pertenencias. La Iglesia la recuerda como Santa Juana de Chantal.

120 *Lenitivo*: que tiene la virtud de ablandar o suavizar.

121 *Exordio*: preámbulo; introducción.

—¿Me repites que he vuelto a ser tu padre?

—Sí.

—¿Que me entregas tu voluntad?

—Sí.

—¿Que volverás a tus devociones con más cariño, bajo mi dirección?

—Sí.

—Pues ahora que eres mía…en espíritu, ahora que es a mi hija a la que hablo, debo hacerla ver claro, porque primero es su salvación —dijo el señor Peñas estrujándose con fuerza la pierna derecha como para dominar alguna violenta manifestación y dando a su voz la inflexión de la seriedad, comenzó así:

—Lo que aquí pasa no lo sabrá nadie en la vida, nadie…¿lo entiendes?

—Nosotros dos, padre Isidoro y Dios que nos escucha —repuso ella ya serena.

—En esa seguridad he de dirigirte porque tú serás dócil.

—Enteramente.

—Tú no eres ya feliz, Eulalia. La felicidad que creíste hallar en brazos de don Antonio ha tenido la pasajera consistencia de las flores de estación, está marchita tu flor, él es indiferente contigo; tú derramas lágrimas, silenciosa y sola, y no sabes que la indiferencia del marido significa la presencia de otro ser entre los dos.

—Harto lo sé, padre mío, por eso lloro, por eso me he llamado desventurada —repuso Eulalia sorprendida ante la precisión con que el señor Peñas determinaba la situación de su hogar y de su corazón.

—Mañana querrá alejarte de su lado; pero, ya no estarás desprevenida, confía en mi palabra y espera en mis consejos.

—Padre mío, es usted tan bueno para conmigo, perdóneme que, creyendo duraderas las promesas de un hombre, le hubiese jurado aquéllo a él.

—¿Cómo, hija mía? ¿cómo?

—La noche de nuestro desposorio le conté todo y él me dijo: "¡eternamente solos! ¡nadie entre los dos!"

—¿Y te prohibió que frecuentaras el sacramento?

—No me prohibió, padre mío, me pidió, en nombre de nuestro amor, que nuestros secretos fuesen para los dos.

—Hoy no existe ese amor, pero tienes otro más grande, inmutable, inmenso —dijo el señor Peñas sonriendo con íntima satisfacción al otro lado de la tabla mientras que Eulalia, otra vez anegada en lágrimas de ternura, respondió lacónicamente:

—¡Padre…!

—¿Se opuso ahora a que vinieras? —preguntó el cura don Isidro como para plantear en definitiva su plan.

—No se lo dije, señor, he venido sin que él sepa.

—Pues entonces, cuando vuelvas, si acaso pregunta, dile con buenas maneras que has deseado arreglar tu conciencia, que a eso no puede oponerse él, porque es una garantía para él mismo.

—Así es, señor, que más querrá que tener una mujer arreglada.

—Eso es, y persuádele con cariño, sin provocar disgustos —insistió el señor Peñas mordiéndose el labio inferior y lanzando un hondo suspiro que ahogó simulando un acceso de tos, y continuó:

—Te recomiendo mucha prudencia. El no debe saber nada de lo que pasa aquí; y tú, hija, tienes que darme cuenta de todo, nada me ocultes, tu corazón será el libro abierto donde lea...¿quién?

—Padre mío, vos —dijo Eulalia estrujando el guante que tenía entre manos desde que tomó el agua lustral[122] a la entrada. Y el señor Peñas sintió correr burbujas de fuego entre sus venas al roce de aquella voz angelical que prometía tanto en nombre de la obediencia ejercitada desde sus siete primaveras.

—Yo te ofrezco poner todos los medios, y acaso tu tranquilidad renazca. Quiero que me veas cada ocho días, y si algo ocurre, llámame. Espero que no esquivarás absoluta confianza al padre que vela por tu bien —dijo el señor Peñas y seguro ya de su triunfo, midiendo los efectos con una precisión matemática, juzgó suficiente lo acordado, y agregó:

—Para que te persuadas, Eulalia, de que yo no fuerzo tu voluntad, que no pongo el puñal en tu pecho, sino la persuasión en tu corazón, te dejo aún en libertad hasta nuestra próxima entrevista. Medita, entre tanto; mide tu situación en la probable crisis que te espera con la indiferencia de tu marido y el corazón cariñoso de un padre; y si me necesitas, si para ti los consuelos religiosos importan, aquí me tendrás.

—Estoy persuadida de todo, padre mío y le pido una regla[123].

—Nada de eso, las reglas dictadas atrofian la voluntad. Tu direccion debe ir grado a grado según se presente la situación de tu casa. Por ahora te prescribo rezar el santo rosario todas las noches, en el que no olvidarás una *Ave María* por mí. En la mañana dedica un poco de tiempo a la iglesia, oye la santa misa diariamente y observa con cautela los pasos de don Antonio. Es preciso salvarlo.

—Padre mío.

—Hija, adiós, que no tardes —dijo el cura Peñas despidiendo a Eulalia que se levantó meditabunda y llorosa, y sus grandes ojos se encontraron con los ojos del padre Isidoro. Este contempló estático la belleza de Eulalia, pues, el momento fisiológico de la mujer que enamora con el supremo de los amores, es aquel en que acabó de llorar y quedan sobre su rostro las huellas húmedas del dolor, como el rocío cristalino en las hojas de las flores.

El cura Peñas necesitó de toda su fuerza de voluntad para mantenerse en su sitio. Sin embargo sus labios se plegaron con aquella voluptuosidad de los

---

122 *Agua lustral*: agua que se rociaba sobre las víctimas para purificarlas antes ser sacrificadas.
123 *Regla*: aquí en el sentido de precepto especial a cumplir.

veinte años, cerró sus párpados y allá, en los misteriosos confines de su mente, estampó un ósculo sobre los ojos llorosos de la mujer que adoraba, cuya silueta permaneció en la fantasia del cura Peñas con la hermosura de un lienzo de Rafael.

XVI

Al salir del templo Eulalia se cruzó con Ildefonso que aguardaba al párroco con la tarjeta del señor López y, sorprendido de ver a la esposa de don Antonio en aquel lugar, no pudo más que exclamar para su coleto:

—¡Miren lo que son las apariencias! Doña Asunción teniendo cuidados de esta señora, cuando había sido una señora tan arreglada![124] Pues, no faltaba más.

Pensando esto se llegó donde el párroco envuelto aún en la somnolencia de situaciones semejantes a la suya, y saludando respetuosamente entregó la tarjeta del señor López.

La primera impresión del cura don Isidoro fue de sorpresa.

Ya se imaginaba recibir un reproche de don Antonio por haber llamado a Eulalia. Así que, irresoluto, casí timido, dijo:

—¿Qué me quiere este hermano?

—Señor, mi cura —respondió Foncito besando al mismo tiempo la mano del sacerdote—, vengo por el santo remedio para el mal de mi corazón; voy a desposarme...

—¡Ah! ¿y me traes recomendación, no?

—Cabalmente —afirmó el mozo en cuyos labios todavía quedaba el sabor de la cereza que robó a los labios de su novia.

—Pues la cosa no te costará gran trabajo; ya sabes que no se necesita más que trece monedas por un lado, y algunas otras para la dispensa de amonestaciones, que sin duda te las dará el padrino, luego el consentimiento de la muchacha y la confesión de los dos ¿eh? Yo no caso a nadie si no se confiesa antes. Y ¿quién es tu futura?

124 *Arreglada*: aquí con el sentido de devota.

—Señor, mi cura, yo a todo me allano por la chica que es como manda nuestra madre la Santa Iglesia; es Francisca Espiroma, hija de don Eugenio el difunto que en paz descanse y de doña Mónica Canales —repuso el pretendiente que durante la relación del cura encarrujaba la falda de su sombrero y le daba vueltas entre las manos.

—Hija de la Mónica; hola, hola. Sí... conozco mucho a la muchacha... buen gusto tienes mocico —dijo el señor Peñas sacando un lápiz del bolsillo de la sotana y apuntando en el reverso de la tarjeta del señor López los nombres que repitió Ildefonso, y después agregó:

—Vengan, pues, el sábado examinados, ese día los confieso, y queda todo listo; así contéstale al señor López y preséntale mis respetos.

El cura se puso de pie, dio la mano a besar a Foncito y se retiró a la sacristía que comunicaba con el interior de su casa.

Retiróse también Foncito contento como una persona que se saca la lotería.

Eulalia halló en la puerta de su casa a Manonga, quien al verla dijo:

—Ave María, ni la había *conociu* a la niña, tan buena moza como viene llenando la calle como un sol.

—Zalamera ¿de dónde has caído? —respondió la señora de López, distrayendo su atención hasta entonces embargada por los recuerdos del templo, dio una palmada en el hombro a Manonga y preguntó:

—¿Qué *cacharpas*[125] me traes en este atadazo?

—Unos rebozos, niña, que le llenarán el ojo a usted y a mi patrón el señor don Antonio.

—Bueno, entra, veremos los rebozos y te daré unos encargos para Asunción —dijo Eulalia caminando paso a paso y sacándose los guantes de seda.

Apenas hubo llegado a su cuarto, Eulalia desprendióse la manta sujeta con dos alfileres negros, y en el grande espejo del ropero se retrató su faz carmínea como velada por una gasa imperceptible de melancolía.

Manonga desató el bulto y, desdoblando un rebozo, dejólo ver en toda su extensión.

Eulalia tomó ese abrigo que era de fina vicuña con trama de seda y guarnición también de seda carmesí, matizada con gusto; pasó los dedos por la tela, como quien ejercita el tacto, y después dijo:

—¡Qué bonito tejido!

—¿Le gusta, niña?

—¿Cuánto pides por él?

—Veinte soles, niña, por ser para usted que siempre me compra, sin regatear como la señora Asunción —contestó la moza hallando ocasión propicia para mentar a la esposa de don Valentín.

—Bueno, yo te tomaré éste para obsequiarlo al señor Isidoro Peñas, mi

---

125 *Cacharpas*: aperos, herramientas.

confesor; ya el invierno llega y él necesita abrigar los pies en el confesonario.

—Me alegro mucho. Fortuna la del trapo que va a servir a los pies del *tatito*.

—Pero no lo digas por plazas y calles.

—¡Jesús, mi niña! ¿Acaso yo soy una palangana[126] mete-letra?[127] –repuso un poco ofendida Manonga, recogiendo el lienzo en que estaba amarrado el rebozo.

—No, yo no digo eso; te encargo, Manonguita, porque, sin advertencia, tu podías decirlo llanamente.

—No lo crea usted, niña Eulalia, aquí donde usted me ve yo sé oír, ver y callar; y por eso creo que me mira de reojo la señora Asunción.

—¡Hola! Pero no, no lo creas; Asunción es una buena señora, mártir, resignada con su suerte, yo la quiero mucho y la compadezco al verla casada con ese don Valentín que me está perdiendo a mi marido.

—¿De veras? Pero usted, niña Eulalia, debe consultarse con su confesor y hablar fuerte en su casa –aconsejó Manonga como si poseyese la ciencia de la experiencia.

—Ya veremos, yo he de hablar con Asunción de estos asuntos –repuso la señora de López, abriendo al mismo tiempo el cajón de una cómoda del que sacó veinte soles de plata, y contó uno a uno sobre la palma de la mano de Manuelita.

—Dios se lo pague, mi reina. Con esta plata ahora me voy pesada como carga de plomo.

—No dejes de buscar a Asunción y dile que deseo verla, que me ha olvidado, y que en estos días, pida mucho por mí al Señor y a mi Señora del Carmen que tiene en su sala: adiós –dijo Eulalia despidiendo a Manonga que acababa de atar los veinte soles en un extremo del lienzo en que llevó el rebozo, y salió repitiendo las fórmulas de la despedida.

Y tomó el mismo camino que Ildefonso había emprendido, después de su ligera entrevista con el párroco llevando la buena nueva a su adorada Ziska.

---

126 *Palangana*: (loc.) fanfarrón; que hace alardes.
127 *Mete-letra*: (loc.) habladora.

XVII

La felicidad es una hada vaporosa que asoma su rostro encantador sólo en los hogares donde se practica la virtud, rindiendo culto a Dios y amando al prójimo con el amor de la caridad.

Hada celosa que huye del que no se remira en el espejo de su frente y eclipsa el sol de sus pupilas ante aquellos que reniegan de ella sumidos en el vicio.

Veleidoso paraninfo[128], detiénese sólo cautivado por la inocencia, y, como la sirena en las plateadas ondas, vive en el tranquilo lago en cuyas orillas está escrito, con arena de oro, "el cumplimiento del deber".

Cuando el señor López y don Valentín quedaron otra vez solos, a la salida de Ildefonso, Cienfuegos dijo:

—No tenemos más que hablar, Antonio; manos a la obra, y hasta el domingo.

—Adiós, Valentín; al despedirme de ti casi podría decirte que te llevas la paz, dejándome la existencia.

—¡Pusilánime! Ya veremos si piensas así cuando contemples los primeros rendimientos –contestó Valentín con sonrisa irónica poniéndose el poncho, y después de estrechar la mano de su amigo fue a cabalgar en su caballo para emprender el regreso a "Palomares".

El señor López se dejó caer sobre la butaca, junto al escritorio, estiró ambas piernas y, levantando la cabeza al cielo, arrojó una bocanada de aire que calcinaba sus pulmones.

—¡Antonio López! el primogénito de la familia que, en cien años de sucesión no interrumpida en el Perú, fue el dechado de la honradez y las virtudes, cuya palabra era una escritura pública y cuya firma valía más que el

---

128 *Paraninfo*: quien está al lado de la novia; padrino de bodas.

oro. Antonio López, el que lleva su existencia ligada a un ángel de ternura y de amor; ¡mañana!... ¡ah!...¡mañana podrá ser señalado con el dedo de la justicia! ¡Por lo menos el suicidio habría inspirado la compasión de los unos y el perdón de los otros! Pero, ¡Valentín! ¡Valentín...! –se dijo López con vehemencia golpeándose la frente con la palma de la mano, y tornó al soliloquio calenturiento.

—¡Ella no podrá perdonarme nunca! ¡Será el secreto negro entre los dos! Y es necesario alejarla para asegurar ese mismo secreto. Iré, pues, a hablarla, la rogaré con disimulado interés, la hablaré en nombre de doña Asunción; y después, mis desvelos por ella serán dobles, crecerá mi solicitud, la haré olvidar mis largas ausencias al calor de mis brazos. Sí, sí, voy a buscarla.

El señor López se puso de pie, pasó su mano por sus bigotes y salió en dirección a las habitaciones de Eulalia que, por la primera vez, estaban cerradas. Púsose a pasear por el patio, presa de un volcán de conjeturas, y después se echó a andar por las calles de la población sin atinar el punto a donde podía haberse dirigido su esposa.

La población de Rosalina, donde se desarrollan los sucesos de que estamos tratando, en poquísimo se diferencia de las que fundaron los conquistadores castellanos en toda la región andina de la América del Sur. Sus calles son angostas y mal empedradas, divididas por una acequia pocas veces aseada según pide la higiene de los tiempos actuales. Las casas casi uniformes por la distribución interior, están fabricadas de adobes y teja cocida al horno, con ventanas de dos hojas que, tal cual vez, se cambian por balcones de madera; y sus paredes, blanqueadas con la mezcla de yeso apagado y agua de gigantón glutinoso[129], avivan el paisaje formado por la multitud de árboles frutales, sauces reales, saúcos y capulíes[130] que, entre sus frondosos follajes, muestran cada casa como un huevo de paloma dejado en un nido de esmeraldas. Y sólo la casa de la oración, el templo, se alza superior a todos los edificios, con la austeridad del pensamiento delineada hasta en sus paredes que son de piedra plomiza, con la portada maravillosamente tallada sobre duro granito combinado con aquélla que se llama *ala de mosca*, y su campanario adornado con elegantes cúpulas, donde se alza la bendita cruz como abarcando a todos los habitantes para reunirlos en un solo abrazo de paz.

En esas acequias en donde corren aguas ya turbias ya cristalinas, pero siempre murmuradoras, se baña el pato de albas plumas, y allí asoma la alegre campesina con sus carrillos mofletudos a lavar las infantiles ropas del niño que, si no va cargado a las espaldas de la madre, juega con la cabra domesticada y el perro gruñón.

Por aquellas calles cruzaba don Antonio, taciturno y caviloso y, después de media hora de caminar sin rumbo, volvió a su casa donde ya estaba Eulalia de regreso del templo, reclinada en el canapé de la siesta después de la salida de Manonga.

---

129 *Gigantón glutinoso*: o aguacolla (Trichocereus peruvianus sp) cactácea de gran dimensión (5 a 8 metros de altura) que crece en los Andes.

130 *Capuli*: *Prunus capuli*, Arbol de 5-15 m de alto y hasta de 1 m de diámetro, de copa ancha, corteza café-rojiza o grisácea. Los frutos, parecidos a cerezas rojas cuando maduros, se comen crudos y en conservas, y se pueden usar en la elaboración de una bebida alcohólica.

—Eulalia –dijo el señor López entrando – Eulalia, ¿dónde has estado todo el día, hija mía?

—Extraño que preguntes por mí, Antonio; yo para ti ya nada significo…

—¿Qué estás diciendo, esposa?

—Sí, lo que oyes, hace poco tiempo que has cambiado; anoche he acabado de convencerme de que hay algo entre nosotros dos, algo que estorba.

—Mujercita, amada Eulalia…

—Que fue, me dirás, Antonio.

—¿Pero a qué vienen estos cargos, a qué viene esta tempestad?

—No la llames tempestad, querido Antonio. Yo no soy una tonta, sé que eres mi esposo; ayer fuimos novios; en fin, el tiempo todo lo cambia, nombres, fechas, edades…

—¡Sí, pero no puede cambiar tu corazón ni el mío, adorada! –dijo el señor López tomando la barba de Eulalia para estampar un beso en sus labios, caricia que fue esquivada sin disimulo.

—Reina, no me castigues; ve que estás cometiendo una injusticia.

—El injusto eres tú.

—Yo merezco que me compadezcas. ¡Eulalia, el mundo es mi infierno, tú eres mi cielo! –dijo don Antonio cayendo de rodillas junto a Eulalia y escondiendo su frente en el seno de la mujer amada.

—Antonio, quiero ser ingenua contigo… yo siento celos, yo estoy celosa.

—¿De quién?

—No lo sé; pero tú tienes algo que ocultas, algo que separa nuestros corazones.

Al oír estas frases palideció visiblemente él y tratando de disimular dijo:

—Te juro, hija, que todo no depende sino de asuntos comerciales.

—Antonio…

—Sí, hija, serios contratiempos que he sufrido pero que mejorarán, mediante un trabajo que vamos a emprender con Valentín.

—¿Qué trabajo?

—Aún no estamos acordes; resolveremos eso el domingo, que deseo ir a "Palomares" en tu compañía para visitar también a doña Asunción.

—El domingo no, Antonio, ese día voy a comulgar.

—¿Cómo? ¡tú, la que me había prometido no compartir nuestros secretos!

—Mira, Antonio, yo necesito esos consuelos, esas expansiones; yo no soy ninguna *literata hereje* para dejar de cumplir con mis deberes religiosos; yo quiero ser lo mismo que todas las señoras *arregladas*.

Una bomba caída a sus pies, y allí estallada, no habría producido el efecto que las palabras de Eulalia produjeron en el corazón del señor López, que acababa de ponerse de pie.

—Por lo menos sabré con quién te vas a confesar…

—Que me he visto ya, dirás…con el señor Isidoro Peñas.

—¡El señor Peñas! —murmuró don Antonio palideciendo ligeramente. Y en aquellos momentos, el ángel de las infantiles confidencias matrimoniales plegó sus alas para no revolotear alegre en torno de aquella pareja a la que tantas veces había narcotizado con el suave beleño de los que se aman con la plenitud del amor, ese amor santo que no admite reservas ni marcó límites a las caricias de los corazones que se estiman, unidos por el lazo de flores que se marchitan y mueren con la desconfianza y reverdecen siempre con el divino rocío de la fe.

XVIII

En el cerebro de don Valentín Cienfuegos evolucionaba triunfante el plan preconcebido, y durante su camino acortó el paso del caballo y se puso a reflexionar trasluciendo sus pensamientos en una sonrisa verdaderamente satánica.

—¡Al fin llegaremos a la jornada! Antonio, pobre Antonio, tontonazo, has caído definitivamente, y dentro de quince días te será imposible volver atrás un solo paso de lo andado. ¡Cáspita! esto se llama vencer; yo dispongo ahora de todos ellos y mi trama está *equitativamente* urdida. ¡Ja! ¡ja! ¡ja!... –terminó riendo.

Entretanto Ildefonso ganó la partida del camino y, al galope de su jaca, se encontró otra vez a las puertas de su novia, acompañada ya por su madre y dos hermanas que habían vuelto del campo.

Ildefonso se había dicho:

—Mi padre San Antonio me saca limpio de ésta, y me caso como que estoy ahora sobre la jaca castaña. ¡Jajay! Pues la señora Asunción será la que afloje unas monedas de su gaveta negra; yo estoy en buen camino, sí, sabré darme trazas, y después que la chica sea mi esposita, que truene por el lado que le dé la gana tronar. Sí, trato cerrado don Ildefonso de Lopera –concluyó el mozo con el aplomo del que forma una resolución inquebrantable.

Llegado a la casa se apeó con presteza, saludó una a una a las personas de la familia de Francisca y, dirigiéndose a la madre, dijo:

—Vengo, mi doña Mónica, a recibir su voluntad para que de una vez me lleve mi prenda. Ya todo se ha allanado por milagro de la Virgen.

Ziska, al escuchar las palabras de su novio, se puso roja como un capulí, y las hermanas la miraron con cierto grado de envidia.

—¡Ajá! Foncito y qué listo has andado –contestó doña Mónica.

—Como fino amante.

—¿Y qué resolución es la que tienes tomada?

—La de casarme el día de San Francisco que cumple años ella –contestó mirando a Ziska, que, con la vista baja, envolvía sus dedos en el extremo del pañuelo prendido al pecho.

—Para San Francisco solo faltan diez días y…

—En diez días se puede ir al valle y volver, suegra –dijo riendo Foncito.

—Pero si nada tenemos hecho –objetó doña Mónica.

—¿Cómo? –dijeron a una voz las hermanas, mientras que la interesada permanecía muda, encarrujando siempre la orla de su pañuelo.

—Si hasta he hablado ya con el señor cura –contestó Ildefonso precisando la cuestión.

—¿Con el cura? –preguntaron todas en coro.

—¡Claro, clarinete! y ¿a qué fui, pues, a la parroquia? –contestó él con llaneza.

—Bueno, pero…¿y para derechos? ¿y para alquiler de ropa? ¿y para atender a las amistades? ¿y para música? –preguntó la madre de Francisca enumerando con los dedos.

—Para todo eso estoy trotando ahora, y lo tengo seguro como guardado en mi faja. ¡Qué caray! para eso es uno hombre, y después yo sabré como sudo y traigo pan a la casa.

—Ildefonso, eres un hombre honrado, ustedes se quieren como palomas, llévatela –dijo doña Mónica un tanto enternecida acercándose a su hija, tomándola de la mano y entregándola a Ildefonso.

Los dos jóvenes se arrodillaron a los pies de la madre que, sintiendo asomar una lágrima a sus ojos la enjugó con disimulo, y dijo:

—¡Si viviera Eugenio!

Y después bendijo el amor de los que, desde aquel momento, se consideraban esposos.

Ellos besaron la mano encallecida de la madre que los bendecía en el templo del trabajo honrado y de las virtudes ejecutadas con austeridad y sin apariencias, en diez años de viudedad; besaron la bendita mano de la madre y después, puestos de pie, abrazaron a sus hermanas sin decirse una sola palabra con los labios. Sus corazones se lo decían todo con la elocuencia del silencio.

—El sábado tempranito que se vaya a confesar ésta; yo iré después; en eso he quedado con el señor cura –dijo Ildefonso como volviendo en sí, pues estaba emocionado.

—¿El sábado? Hoy es jueves –dijo Ziska.

—¿Y qué más? Esta noche te examinas; mañana te examina doña Mónica, y estamos –insistió Ildefonso.

—Bueno, pues –dijo turbada la muchacha pensando en el beso que dio a su novio en la mañana; sin maliciar la pobrecilla que ése fuera la causa que determinó el estado fisiológico del mozo, obligándolo a ocuparse seriamente de su matrimonio.

—Yo pasaré el sábado a medio día por aquí, y entonces traigo... cien soles –dijo Ildefonso haciendo una pausa como para sumar en su mente la cantidad de que podía disponer.

—Con eso sobra –repuso Ziska confundida.

—Sí, que alcanza, hija; la ropa puedo pedirla prestada a mi comadre doña Anita que tiene buenas sayas de seda...

—Y flores de manos.

—Y mantones de color –dijeron las hermanas de Ziska interrumpiendo a su madre, pues tenían que pasar los novios por la irrisoria costumbre establecida por los notables de provincia, desde el coloniaje, de disfrazarse con vestidos alquilados, las más veces a precio fabuloso.

—¿No ven ustedes que vienen las cosas claras como el agua? Adiós, que me urge –contestó Ildefonso despidiéndose de cada cual con un abrazo, y fue a tomar su cabalgadura, alegre como un chiquillo que consigue el juguete largo tiempo codiciado.

Las mujeres se quedaron llenas de entusiasmo, arreglando desde ese instante las bodas de la afortunada Ziska, a quien envidiaban muy de corazón sus hermanas mayores, pues ella era la menor de la familia.

Cuando llegó Ildefonso a "Palomares", doña Asunción acababa de salir del oratorio donde estaba haciendo dos novenas a la vez, la de las Animas, y la de Santa Rita de Casia. El muchacho, tan alegre que no cabía en sí, saludó con ceremoniosos ademanes y dijo:

—Mamita y señora, yo soy el galgo que alcanza la presa como nadie; pues fui, llegué y encontré al señor don Valentín, tate que tate, en la querencia. Pues, yo me entré a la casa y a la sala sin ceremonia, y como alguna disculpa iba a dar dije...

—¿Qué? ¿cómo? –interrumpió doña Asunción interesándose por grados.

—He tenido que tramar grueso después de hilar delgado, mi señora Asunción, y si usted no me salva aquí, estamos lucidos.

—Y bien... explícate más claro, hombre.

—Tuve, pues, que decir a don Antonio que yo iba a hablarle para padrino de mi casamiento.

—¡Jesús! ¡qué pícaro te has vuelto, Foncito!

—Picardía no cabe en quien desea servir pronto y bien a una amita tan santa, tan buena y tan querida –repuso el mozo, calculando los fines a los que encaminaba aquellas zalamerías.

—¡Si digo bien cuando afirmo que vales un Potosí[131], Foncito! Pero ¿y don Antonio?

131 *Valer un Potosí*: ser algo muy valioso. Referencia al cerro ubicado en la región homónima peruana, enorme yacimiento del cual se extraía mineral de plata desde tiempos precolombinos.

—Dijo que bueno y me dio una tarjeta para el señor cura.

—¿Y?

—Con ella me presenté al señor Peñas, y quedó hecho el trato para estos días.

—¡Ave María Purísima, Ildefonso! ¿En qué enredos te has ido a meter por servirme? –dijo doña Asunción empalmando[132] las manos.

—Asi fuese necesario ir a la cárcel por mi señora, iría, sí, iría alegre cantando la *palomita*.

—Eres un santo, Foncito, hijo, y ¿cómo te compones ahora? –preguntó la señora de Cienfuegos, poniendo la mano derecha en el hombro del muchacho con ademán de cariño.

—Que me caso, patroncita mía, y usted me salva de este aprieto, segura de que yo sabré ser don Ildefonso Lopera –dijo con aplomo el mozo.

—¿Y tienes *piquina*?[133]

—Hermosa como el sol de plata.

—¡Bribonazo! Entonces las cosas te salen a pedir de boca.

—Así lo creo, doña Asunción, y no hay razón para lo contrario, desde que me he expuesto a tamaña aventura por quien amo más que a mi libertad.

—¡Foncito!

—La verdad, patrona mía; la suerte está echada y ...

—Habla, Foncito.

—Y no sólo he de trabajar por descubrir lo que usted necesita saber, sino que castigaré, bien castigada, a la traidora.

Doña Asunción Vila estaba emocionada por tanta fidelidad del mozo, su corazón rebosaba de júbilo a la idea de tener un defensor resuelto, una mano vengadora.

Después de una corta pausa dijo:

—Eres un santo. ¿Y en qué podré servirte?

—Será usted mi madrina con don Antonio, a él debemos tenerlo de nuestro lado ¿me entiende? –preguntó Ildefonso con intencionada expresión en el rostro.

—Me admira lo precavido que eres, Foncito, y quisiera corresponder a tanta fineza tuya.

—Ya llegará la hora, mamita, y ahora le abriré mi corazón para decirle que sólo necesito doscientos soles para ser feliz: prestados, se entiende, porque yo sé trabajar y sabré pagar.

—Cuenta con ellos, Ildefonso. Mañana irás tú mismo a cobrar los arrendamientos de las chacras grandes; son trescientos soles, pero de esos necesito cincuenta para mandar hacer el trisagio[134]... –Decía esto la señora Vila cuando apareció don Valentín, e Ildefonso fue a tomar las riendas del caballo para ayudarlo a apearse.

---

132 *Empalmando*: juntando las palmas como para orar. Ampalmando en el original.

133 *Piquina*: (Perú) novia, de piquín, galán.

134 *Trisagio*: himno litúrgico en honor de la Santísima Trinidad, durante el cual se repite tres veces "Santo, Santo, Santo".

XIX

Los instantes que siguen a un triunfo parcial, precursor de la ganancia decisiva, son, para el corazón enfermo de amores, como el sopor dulce de la morfina usada con precauciones.

El cura Peñas se hallaba embargado por esa somnolencia, cuando cerrados los ojos vio todavía, entre nubes de topacio, perderse en lontananza la figura de la mujer que no solamente amaba, porque el amor implica respetos, sino que codiciaba con toda la fuerza de una corriente lujuriosa en cuyas turbias ondas debía naufragar una alma honrada.

Acaso hizo él un esfuerzo sobrehumano para no comprometer el éxito en la primera entrevista; acaso era táctica establecida de antemano por él la de ganar terreno palmo a palmo, para adueñarse de éste en definitiva; lo cierto es que distraído momentáneamente por Ildefonso, regresó a su habitación estrujando entre los dedos la tarjeta de don Antonio López, sin parar mientes en las notas que en ella escribiera.

En sus ojos se había impreso más el círculo ojeroso, negro, que los rodeaba, y en sus labios paseaba juguetona una sonrisa tal que para el observador podía decir más que un libro de fisiología comparada; y luego se sacó el sombrero, lo colgó en una pequeña percha, y comenzó a desabrochar algunos botones de su negra sotana, como para dar aire al pecho oprimido entre planchas quemantes.

—¡Calma! y... ¡oh, dicha tantos años soñada! ¡tú llegarás! ¿De qué ha servido a mi corazón tanta pobrecilla mariposa incauta que llegó a la llama del confesonario para hacer mi voluntad? combustible para la hoguera y nada más; porque ella, solamente ella podrá saciar la sed despertada en la soledad con la exigencia del hidrópico. ¡Eulalia! está decretada nuestra suerte, y nada ni nadie podrá alejarte de mis brazos. El marido... ¡ja! ¡ja! ¡ja! ¡Todos los maridos nos entregan sus esposas y descansan en la tranquilidad del sigilo! El marido ¿qué importa? ¿acaso éste no será confiado como los demás? Y luego yo no dejaré huellas, y no habrá indicio para los dos... Pero, tampoco debo andarme con chanzonetas[135], es preciso aprovechar de los primeros entusiasmos de la mujer. A la mujer jamás se la debe dejar tiempo para la reflexión, pues si bien ella no reflexiona, vacila, y la vacilación compromete los asuntos más asegurados... Sí,...mañana...es demasiado pronto...sí, sí, es más conveniente; los primeros entusiasmos;...sí, señor, la experiencia me lo ha demostrado, y ante la precisión numérica, no hay argumento. Mañana la llamo, mañana voy... en fin, de un modo u otro; mañana debo hablar... ¡Ah! tengo pretexto, y magnífico. –dijo el cura saltando hacia la mesa, levantando la tarjeta encartuchada y procurando aplanarla entre sus manos.

—Ildefonso, ese alegre mozalbete de carrillos de guindo, él me va a dar motivo para ir a la casa donde seré bien recibido, porque iré a dispensar un favor a don Antonio. ¡Magnífico! No me importa sacrificar los trece *tostones*[136] de las *arras*[137] ni las amonestaciones: será vela encendida a santo de buen milagro[138] –terminó el cura y, como respondiendo a su último pensamiento, dijo desde la puerta una voz quejumbrosa.

—Ave María Purísima, *tata curay*.

—Sin pecado y...

—Entierro pide un difunto ¡ay! ¡ay!... *se ha perdido* –repuso entre sollozos una india a la que el señor Peñas habló así:

—¿Quién se te ha muerto, Juana?

—Mi hijo, *tatay*, el Marianito, que era mi padre y mi madre.

—Cierto que era bueno el mozo; así es que le harás entierro de cruz alta ¿no?

—¡Ay! ¡ay! señor ¿cómo será entierro de cruz alta si no he podido reunir ni los ocho pesos de última?

—De modo que lo verás podrirse en tu casa.

—¡*Curay*, caridad, por la Virgen! –imploró la desolada madre empalmando las manos.

—Eso quisieran todos ustedes; pero también el cura sabe comer, y sabe vestir, y sabe recibir visitas y oficiales cuando transitan tropas; y...

—¡*Curay*! Todo eso es *exacto*, sí, *exactito*; pero los pobres que nada tenemos, que hasta el sudor de la frente cae en el surco de la tierra ajena y no en el pañuelo que le enjuga.

—¡Caramba! Que habías traído sermón estudiado, Juana... pero te digo que no puedo, y no hablemos más porque estoy ocupado –contestó el cura dando una vuelta como para despedir a Juana, que enjugaba una lágrima con la bocamanga[139] de su jubón.

135 *Chanzonetas*: (del fr. Chansonnettes) coplas festivas. Andarse con chanzonetas, perder tiempo con versos.
136 *Tostón*: moneda de Real de a cuatro.
137 *Arras*: lo que se da en prenda como garantía del cumplimiento de un contrato.
138 *Vela encendida a santo de buen milagro*: expresión para significar una inversión segura.
139 *Botamanga* en el original.

—Señor, sólo tenemos una fanega de trigo por todo capital –aclaró la india insistiendo en la demanda.

—Bueno; la fanega está a seis pesos cuatro reales, te recibiré el trigo, y por el resto de dos pesos cuatro reales podrás tejer unas frazadillas… ¿tú sabes tejer, no?

—Sí, *tatay*, pero estoy malograda del pecho y demoraría hasta un año.

—Ponte parche de *bálsamo del valle*, y no andes con delicadezas que se han hecho para señoritas –recetó don Isidoro, a lo que la india repuso enjugándose gruesas gotas de lágrimas que inundaron sus mejillas cobrunas y rugosas.

—Sin mi hijo, sin mi marido, viuda infeliz ¿dónde iré a arrastrar la pobreza? ¡ay! ¡ay! –y después, como envuelta en un secreto consuelo enviado por Dios para la triste, dijo– Manda, pues, *tatay*, por el trigo; manda, pues, el hilo para las frazadillas, y la Virgen me dará fuerzas en nombre de Mariano. ¡Ay! ¡hijo mío, hijo del alma, dichoso tú! –y besó la mano del sacerdote, y salió cubriendo su rostro con la manta larga de lana negra tejida por sus manos.

Y el señor Isidoro Peñas continuó con el estoicismo del que hubiese hecho un negocio indiferente para las fibras delicadas de esa válvula llamada corazón que, en el hombre, sabe reponer a los nombres de ternura, conmiseración, pena del dolor ajeno; impresiones sublimes, divinizadas por la Caridad que el Rey de los cielos practicó junto al sepulcro de Lázaro, y enseñó a sus discípulos cuando dijo: *Bienaventurados los que lloran, porque serán consolados.*

XX

El estado espiritual de Eulalia pertenecía al número de aquellas transiciones que sacuden el sistema nervioso como una pila eléctrica, y después le dejan vibrando por largo tiempo. Y, aunque obedeciendo a causas diferentes, se notaba igual efecto en el ánimo de don Antonio, debilitado por la profunda preocupación y agobiado por un cambio brusco de escenario, en el que debía seguir actuando siempre como víctima.

La declaración terminante que acababa de hacerle su esposa constituía para él un nuevo eslabón en la pesada cadena de sufrimientos morales que venía arrastrando, desde que tuvo conciencia de su bancarrota. Los momentos en que para él vino aquella declaración eran tales que, en lugar de haberla rechazado, se sometió resuelto completamente a no contrariar las determinaciones de Eulalia, y más bien dirigirse al señor Peñas en busca de apoyo moral.

—Está bien —se dijo— hablaré con él, daré un giro cualquiera al asunto, y conseguiré que Eulalia se ausente de la casa por el tiempo preciso —y después, dirigiéndose a su esposa, la dijo:

—Está bien, convenido, hija; yo no me opongo a que vuelvas a tus prácticas antiguas; sobre todo, pienso en que tienes el juicio y la reflexión suficientes para seguir tu buena índole, y sólo te suplicaré que no desaires mi pedido de ir el domingo a "Palomares"... he ofrecido a Valentín...

—¿Y por qué te empeñas en que sea el domingo?

—Señalé ese día y ya tú comprendes que sería quedar en ridículo.

—Bueno, Antonio; hagamos las paces; yo consultaré con mi director y que no se hable más de esto —dijo Eulalia levantántose del canapé.

—Lo dicho —repitió él acercándose a Eulalia y, tomándole la cabeza con ambas manos, aproximó sus labios para besarle la frente, y agregó un tanto débil:

—Yo necesito de tus caricias, Eulalia, yo quiero que siempre me ames, por eso no te contradigo: tú sabes cuán débil soy, hija mía… tú lo comprendes mejor que nadie, tú fascinas mis sentidos, tu aliento es mi vida…

Y el señor López se entregó a vivos transportes de ternura, con tan explícita sencillez que Eulalia no pudo permanecer impasible, y su sensibilidad de mujer triunfó sobre sus dudas íntimas.

Eulalia distrajo por completo su atención preocupada; sintió afluir a su corazón toda la sangre caliente del verdadero cariño, casi arrepentida de lo que horas antes prometió al cura Peñas, y vio que era aún posible la felicidad entre ella y Antonio. Y mimada como una chiquilla de cabellos crespos rodeó con ambos brazos el cuello de su marido y le dijo con entusiasmo:

—Amor mío ¿no me engañas?

—Imposible, Eulalia, soy tuyo, nadie existe entre los dos.

Y al eco de esta frase una lanceta fría abrió un surco, como cinta eléctrica, en el corazón de Eulalia y la imponente voz del cura resonó en los oídos de la confesada, recordándole su promesa solemne de contarle todo. Y con la rapidez del pensamiento cruzó por su mente la idea de que aquella escena conyugal, dulce e inocente, debía relatarla sin omitir detalle; y una nube de grana pasó rápidamente por su rostro, tiñendo sus mejillas con los arreboles del rubor y obligándola a desprender sus brazos del adorado cuello que rodeaban.

La influencia de la educación, el dominio del malicioso clérigo, pudieron más que la pasión santificada por el matrimonio.

—¡Antonio! –dijo Eulalia casi arrepentida.

Y volvió a esquivar la espontaneidad de sus caricias al hombre que devoraba sus encantos con el fuego de sus ojos grandes, expresivos y claros. Antonio sujetó fuertemente el cuerpo de Eulalia contra su pecho y la repetía:

—Te amo, Eulalia, te adoro.

Y como si la visión espiritual de Eulalia se trocase por ensalmo en una palpable realidad, dieron tres golpes a la puerta, que sorprendieron a don Antonio, y soltando el brazo de Eulalia compuso maquinalmente sus cabellos esparcidos, ató el lazo de su corbata, deshecho momentos antes, y dijo:

—¡Adelante! ¿quién toca?

—Santas tardes nos dé Dios –repuso avanzando el cura Peñas, ante cuya presencia quedó como petrificada la señora de López.

—Mucho gusto de verlo, mi cura –dijo don Antonio.

—Así es el mío, señor López. Esta mañana estuve por acá; pero no tuve la satisfacción de estrecharle la mano.

—Cierto, que aquí estuvo el señor. Olvidé decírtelo, Antonio –interrumpió Eulalia encontrando salida.

—Mal hecho, hija; así me harás incurrir en faltas de cortesía con quien deseo usarla y muy amplia –repuso don Antonio dirigiéndose a su esposa, al mismo tiempo que ofrecía un asiento al señor Peñas. Este se inclinó, con exagerado ademán, y sentándose dijo:

—No use de tanto cumplimiento con su humilde capellán, señor López. Yo doy el ejemplo repitiendo tan pronto la visita. Recibí su tarjeta…

—¡Ah! ¿… la recomendación?

—Cabalmente; sabe usted que soy un capellán, y no tiene más que mandar. Ese muchacho se casará el día que usted determine.

—Gracias, señor cura, por tantas bondades. Ildefonso es un buen muchacho.

—¿Ildefonso es el novio? –preguntó Eulalia con curiosidad.

—Sí, hija…

—¡Cómo! ¿usted no lo sabía, señora? –objetó el cura, clavando en ella una mirada cuyos rayos fosforescentes encendieron el alma de la mujer pusilánime, dándole vigor para seguir la conversación.

—Ha sido una cosa completamente inesperada, señor cura… compromiso del momento en que le escribí la tarjetita. Por eso si aún he dicho nada a mi Eulalia.

—Bien, pues. El sábado han de confesarse los futuros esposos, y después ustedes elegirán día.

—Creo que se necesitan algunas declaraciones y proclamas…

—Todo eso corre de mi cuenta, señor López. Usted nada tiene que hacer. Para estos casos estamos los amigos.

—Tantas gracias.

—Siempre tan amable nuestro párroco –agregó Eulalia que, durante el diálogo, engarzaba y desengarzaba los dedos de las manos unos con otros, silenciosa e interesada en el resultado.

—Con que, cumplido el objeto de mi venida, darán ustedes su permiso –dijo el cura Isidoro levantándose.

—¿Tan pronto, señor?

—De lo bueno poco, dirá nuestro *tataito*.

—Eso no, señora mía, ocupaciones no faltan. ¿No ve que sirvo dos campanas? Yo desearía quedarme algo más, pero…

—Y estamos pensando hacer una visita a doña Asunción Vila –dijo don Antonio intencionalmente.

—A la señora de Cienfuegos, una magnífica señora, muy arreglada, confiesa y comulga semanalmente –repuso el párroco.

—Antonio quiere ir el domingo, y yo estoy porfiando que no.

—¡Malo, señora! La esposa tiene que estar al querer del esposo –contestó con malicia el señor Peñas, y agregó:

—Espero que no se irá usted sin decir adiós por allá.

—No lo crea, *taitito*; mañana voy a buscarlo sin falta –ofreció Eulalia, comprometiéndose así delante de su marido.

—Esa es mucha bondad, señora. Entonces, hasta mañana.

—Adiós, señor.

—Adiós, *taitito*.

Dijeron don Antonio y Eulalia, y el párroco salió nuevamente triunfante en sus propósitos, con la idea fija de no dar ocasión a que se evaporaran los primeros entusiasmos de la mujer.

—La oportunidad se llama éxito... —se dijo entre dientes, ya en la calle, mientras que los esposos López sostenían este diálogo:

—No ves, Antonio, cuán bueno es el señor Peñas.

—Ha estado muy cortés.

—Ustedes los hombres, por malos no más, hacen la guerra a los clérigos.

—Yo nunca, hija. ¿Alguna vez me has oído decir una frase contra ellos?

—Serás tú, pero otros...¡Jesús! El otro día oí una disputa entre jóvenes que parecían decentes, y, ya te digo, me quedé escandalizada, porque se atrevieron esos desalmados hasta a decir que en el confesonario conquistaban mujeres.

—Cierto que es avance y grande; pero de todo hay en la viña del Señor. Esos serán los malos curas que profanan la santidad de los sacramentos; pero no personas de la talla del señor Peñas.

—Sí, es un santo.

—Lo creo —repuso el señor López, fijando su imaginación en un punto que hacía algunas horas había perdido de vista.

Y ya las sombras del crepúsculo vespertino comenzaban a envolver la tierra con el manto negro de la noche, en cuyo fondo oscuro lucirían en breve, las estrellas en las alturas; y en la pradera, derramadas al pie de los arbustos, las luciérnagas de plateada lumbre.

XXI

Necesitamos encontrar, entre las laderas del camino de "Palomares", a uno de nuestros personajes, que, aunque secundario, no puede quedar relegado al olvido.

Manuelita, que salió de Rosalina, horas después que Ildefonso, hizo su camino pausado, consumiendo en la rueca del vellón de lana que tomó al salir en peregrinación; y, como era natural, se llegó a descansar en casa de Ziska.

Manonga halló aquella casa, dejada en la mañana con la tranquilidad de un nido de torcaz, convertida en una verdadera colmena de abejas industriosas y ligeras. Esta sacaba los sacos rellenos de cebada en grano, echándolos al remojo para la jora[140] que debía convertirse en espumante chicha, color onza de oro; aquélla repasaba las gallinas y los corderos del corral, sentenciando a muerte, sin otra ley que sus propias simpatías y antipatías, separándolas para la ceba; ésa vaciaba el trigo del celemín[141] para escoger la *cirizuela* y llevarlo al molino, porque los rosquetes del árbol nupcial y los panes de la boda quería amasarlos personalmente doña Mónica.

Sólo Ziska permanecía alejada en un rincón, pensativa y taciturna, con un montón de piedrecitas de diversos tamaños, a manera de lapiceros de pizarra, que iba atando en distintas posiciones en una cuerda de lana, según el pensamiento que quería expresar, que es la manera como apuntan en las serranías sus cuentas o sus pecados las personas que no saben escribir.

—¡Caray que me huele a resurrección doña Mónica! ¿En qué *trajinetes*[142] se han *enredau* las doncellas?

—Manonga, *pasá*, mira que la gracia nos ha caído. Se remedia la Ziska y ese dolor de cabeza menos es un milagro de mi Señora del Carmen.

---

140 *Jora*: nombre que se da al maíz amarillo fermentado en toneles, luego dejado germinar en pozas hechas en el suelo y después al aire libre, cubriendo el grano con paja hasta que crezca el brote. La chicha de jora es la bebida tradicional del Cusco y del Ande peruano

141 *Celemín*: recipiente de medida de capacidad para áridos, equivale a 4.625 ml. Doce celemines hacen una fanega.

142 *Trajinete*: (loc.) asunto.

—Ni me lo repitas, Mónica; ahora las casacas andan por los montes, todos los hombres quieren al fiado y a plazo, y para cumplir ¡uf! –dijo pasando el índice por los labios.

—Esa es mucha *verdá*, Manonga, ya una madre tiene que tener ocho ojos. Gracias a Dios que estas han *saliu* a mí que, de moza, ni un confite de cuaresma les *almití* a los que me cantaban *huainitos* a la medianoche. Lo dijera Eugenio, si viviera el pobre.

—Foncito, *pá qué es decir*, se ha *portau* bien.

—Ni que digan lo contrario, que el muchacho no ha *veniu* sino con ojos a la iglesia, y lo contrario sería falsa calumnia y descrédito.

—¿Y en qué ayudo, pues? –preguntó Manonga, desatándose el pequeño bultito en el que estaban sus veinte soles, guardando también la rueca.

—*Catay* que puedes hacer una obra de *caridá* con la Ziska: allí la tienes en el *esamen* sin ir *ni pa tras ni pa delante*.

—Bueno, bueno –aceptó riendo Manonga y se fue a sentar junto a la muchacha que escondió su sarta de piedrecillas.

—*Atatao*[143], Ziska; ni si fuera yo la justicia –dijo Manonga aparentando resentimiento, y agregó con intención:

—¿Y yo que te pillé con él esta mañana, vamos, en cuál estás?

—Estoy en *octavo mandamiento*[144] –respondió con timidez la chica sacando la sartita. Y ambas se pusieron a hablar en voz muy baja.

***

Entretanto Ildefonso no desperdiciaba minuto en casa de doña Asunción, cuya confianza ganó definitivamente, y activó las cobranzas, asegurando sus doscientos soles, y aparejó su modesto ajuar de novio, comprando terno nuevo para él y para ella; pues en cuanto a la ropa del día de la ceremonia, él tendría que alquilarla de los poseedores de prendas semejantes. Y reflexionando sobre este punto se dijo:

—Sólo hay dos clases: o militar o diplomático; y ella… pero, según dijo mi futura suegra, ella podrá prestarse buena saya de su comadre doña Anita. A mí no me sentaría bien el *fraque* y el *tarro*[145]: me gusta más el de militar ¡qué caray! yo puedo ser también un coronel de *a deveras* ¡qué no tendría miedo de echarle pinchazo al mismito presidente con su banda y todo! ¡Sí, alquilo… de militar, vamos!

Y Foncito se puso en movimiento como un agente de negocios.

Don Valentín después de algunos minutos de descanso, dijo a su mujer:

—He estado en Rosalina, Asunción.

—Esa es tu querencia.

---

143 *Atatao*: Atatay (quechua) ¡Qué dolor!; Qué desagrado!; [exclamación de dolor].
144 *Octavo mandamiento*: es el que se refiere a no decir mentiras.
145 *Tarro*: (loc.) galera, sombrero de copa alta.

—Bien, como quieras llamarla, mujer; pero el domingo viene Antonio con su señora, y espero que la recibas como ella merece.

—Eso quieres tú, desalmado, hereje…

—Tente, mujer, que no estoy para bromas, y te suplico que no provoques un conflicto decisivo.

—Querrás dejarme para irte con esa hija de tal.

—¡Lengua maldiciente, repara en lo que estás diciendo, y no me expongas, por los mil diantres! –dijo Cienfuegos golpeando el suelo con el pie derecho.

—Si no es por ella ¿a qué vas día sí, día no, a la casa? –preguntó Asunción un tanto humillada.

—Tengo graves negocios con Antonio, te juro que ese es el motivo y nada más.

—Ya lo veremos.

—Lo verás claro como el sol. Entretanto, no debes pasar por una mujer imprudente. Yo no sé quien te ha metido semejante cosa en el caletre… serán los frailes.

—¡Jesús! Ya comienzas, Valentín, tú expones la salvación de mi alma con todo lo que hablas… que acabe todo, bueno, y ¿cuándo viene doña Eulalia?

—Te he dicho que el domingo –repuso Valentín, disimulando una sonrisa de triunfo y de burla a la vez.

—Está bien, después de la misa me vengo a esperarla; pues mis devociones las dejaré para la noche –prometió doña Asunción cediendo el campo por completo a don Valentín. Y salió de la vivienda, diciendo para sí:

—Por partes, mejor que venga. Yo observaré todo con mis mismos ojos, y en la primera que la pille le planto en la cara cuatro verdades, y que arda Troya de una vez.

Doña Asunción tenía, en aquellas horas, todo el arrojo que acompaña a la mujer entrada en los cincuenta años, cuando perdidos todos los encantos de la vida, sólo le queda la aridez de la observación de las demás mujeres, en quienes nunca quiere reconocer mérito alguno, y va a expurgar los pequeños defectos aumentándoles tamaño y fealdad, amén de que las mujeres hermosas no tienen un enemigo más irreconciliable que la mujer fea.

No interesan a nuestro relato las escenas con que trascurrieron las veinticuatro horas, en el reloj de doña Asunción, desde la anterior entrevista con su marido; pero, sí debemos exponer lo que ocurrió al regreso de Manuelita, después de su visita a Eulalia y su permanencia en casa de la novia de Ildefonso.

Presentóse, pues, Manonga en la casa de la señora de Cienfuegos y dijo:

—*Catay, señoracha*[146], que bien he cumplido su mandar.

—¡Hola, Manonga! Supongo que traes malas nuevas; siéntate.

—Ni por pienso, misea Asuntita, que asi son las habladas de la gente, que,

---

146 *Señoracha*: modismo quechisado, diminutivo de señora.

por mal hablar, a *nadies* cobran impuesto –repuso la moza sentándose y colocando en sus faldas un sombrero de fieltro negro con cintillo de color.

—¿Cómo? ¿qué…?

—Le digo, niña, que en su corazón de *usté* no debe engordar el gusano de los desconfiados. La señora Eulalia es una persona arreglada, *catay* que yo *laí* visto salir de confesarse.

—¿De veras? –interrumpió doña Asunción interesada en sumo grado.

—De veritas, niña, yo *laí* visto con estos ojos que *van volver* tierra, y *usté* se lo puede preguntar al señor cura.

—¡Manonga! ¡me vuelves la tranquilidad! Sí, yo hablaré con el señor Peñas que es mi confesor.

—Sí, y aún me dijo la señora Eulalia que iba venir a visitar a *usté*.

—Así me lo ha comunicado Valentín, y ahora sí que le daré mil satisfacciones a ella por mis juicios temerarios. ¡Jesús! Una persona que se confiesa, que tiene su director, nada malo puede hacer. Te repito, Manonga, que me devuelves la paz, y Dios te lo pague –dijo la esposa de Cienfuegos, palmeando suavemente el hombro de Manonga, a lo que ésta repuso con segunda intención:

—Así es, *señoray*, aunque la gente es *fágil* y el *pecao* no se duerme, y *usté* debe *ocservar* las cosas de cerca cuando ella venga.

—Cabalmente eso mismo he pensado, Manonga, y el domingo no te pierdas, pues haremos unas *huatias*[147] de papas con queso fresco.

—Bueno, *señoray*, también podemos hacer un *pollito de viernes*.

—¿Cómo es eso?

—¡Guá! ¿siendo *usté* de aquí no conoce? –dijo riendo la moza.

—De veras que es vergüenza; pero dime cómo se hace.

—*Catay* que se toma una calabaza tiernecita como si dijese el pollito de las calabazas, y se le monda la cáscara.

—¿Enterita?

—Sí, enterita, y se le saca después el corazón con *toas* las pepitas, poniendo en su lugar una salsa aguada de huevos duros, rebanadas de queso fresco, perejil menudo, cebolla picada, y su puntita de ajo, granitos de pimienta y sus cuantas pasas. Después se rellena la calabacita con esta salsa, se revuelca en bizcocho *molío* y se fríe en la sartén con manteca.

—¡Jesús! ¡qué potaje tan sabroso debe ser ése!

—*Toabía* no, *señoray*. Después de frita se echa la calabacita en la cacerola, con leche preparada en aguado[148] de ají colorado, se le da un hervorcito y después, uff! –dijo Manonga aspirando la "u" como quien hace agua en la boca para ponderar la bondad de una comida.

—Ganas me has abierto, Manonga; pues se hace el *pollito de viernes* y trataremos muy bien a doña Eulalia.

—Eso es, *niñay*, ella ni que malicie las sospechas que *usté* tuvo porque di-

---

147 *Huatias*: forma de asar vegetales (papas en este caso) en medio de terrones de turba incandescente.
148 *Aguado*: caldo de ave, a diferencia del "caldo", que es de carne.

simularía, y el *pecao disimulao* no es escándalo –afirmó Manuelita con aplomo disponiéndose a partir, y dejando a doña Asunción nuevamente perpleja entre ese si es no es con que luchan las almas pusilánimes, que desconocen los sentimientos levantados y generosos en sus prójimos.

XXII

El día sábado tiene, entre los de la semana, no sé qué particularidad que ejerce grato influjo sobre el espíritu.

Parece que una nube de gasa blanca y de topacio se extendiera en nuevo horizonte, marcando las faenas terminadas ayer y el descanso de mañana, paréntesis a los afanes del vivir con sus promesas ilusorias. A veces se presenta como el ángel de nacaradas alas que, agitándolas sobre nuestra frente calenturienta, nos aduerme con la brisa de las esperanzas, de la fe, del amor.

¿Quién no termina gozoso el sábado? ¡Desde la escuela aprendemos a desearle y sonreírle!

Los personajes de la presente historia llegaron a esperarle con ansia, por ese tejido misterioso que hace el tiempo con los sucesos que se desarrollan, todos con diversidad de ilusión, con variadas impresiones; esperaban, pues, ese día blanco cual armiño, dorado como el sol, coronado de esmeraldas, símbolo de la esperanza.

Esperar es renacer.

El cura Isidoro Peñas era, sin duda, el más inquieto de todos.

Ziska, la más temerosa.

Don Antonio, envuelto en la incertidumbre matadora.

Asunción anhelante de encontrar el desenlace de su gran campaña.

Eulalia, pusilánime como quien camina en terreno movedizo.

Cienfuegos, resuelto, tacaño, calculador.

Y Foncito, desesperado con esa ansiedad del adolescente que, llegado a la pubertad, aguarda los brazos de la primera mujer ha de estrecharle en ellos, y descorrer el velo caído en ese triste lindero que marca el fin del niño y señala el comienzo del hombre. ¡Ah! Todos aguardaban el sábado.

El señor Peñas se puso en pie más temprano que de costumbre.

En su mente reverberaba, como una luciérnaga, un punto blanquecino reflejando sin cesar este nombre: Eulalia.

No bien los punteros del reloj marcaron las ocho, se dirigió al templo y se sentó en el confesonario de la derecha.

Una contrita penitenta lo esperaba desde media hora antes y, llegándose a la tablilla, se persignó y dijo las oraciones de la preparación.

El cura apenas notaba a la que, compungida, temerosa, cobarde cual nunca, lanzó un hondo suspiro del alma obligándolo a dar dos golpecitos en la reja.

Después, en voz imperceptible, se trabó este diálogo íntimo, confidencial:

—Hola ¿tú eres la que se casa?

—Si, *curay* –respondió Ziska lacónicamente.

—Pues, acúsate y comienza por lo más grave, ¿eh? lo más feo hay que botarlo por delante, no calles, no omitas, piensa, hija, que lo que me dices lo vas echando a un pozo; nadie lo oye, nadie lo sabrá.

Ziska guardó silencio, volvió a suspirar, y haciendo un esfuerzo sobrehumano después de retorcer sus dedos, habló así:

—Acúsome que he dado un beso…

—Bueno, y ¿a quién besaste?

—A… a un hombre, señor.

—Ya estoy, ¿pero ese hombre es soltero o casado? ¿estaban ustedes solos, cómo fue? no tengas reservas, hija.

—Señor, es mi novio.

—¿Solos los dos?

—Si, solos completamente, mi madre estaba en los molinos y mis hermanas en la población.

—¿Esto sucedía en el campo, no?

—Sí, señor.

—Y después…

—Nada más.

—Después que te besó, que tú besaste ¿qué hubo?

—Nada, señor. Yo desde entonces siento los labios de él sobre mis labios…

—¡Imposible! Tú callas, tú escondes tu feo pecado y la vergüenza te llevará a tu condenación.

—Nada más, señor –insistió ella confundida.

—A mí no puedes engañarme; di ¿te agarró de la cintura, verdad?

—Sí señor, desde antes me agarró.

—¿No ves? ¿y luego?

—Dijo que le diera una cereza de mis labios y acercó su boca y… condescendí.

—Ya lo sé; pero dime lo demás, no seas rebelde, nadie más que yo he de saberlo.

—Es todo, *curay*.

—¡Imposible, imposible! Si no declaras lo demás yo no puedo darte la absolución, y no podrás casarte.

—Yo he dejado de oír misa por cuidar los carneros de la casa… y he respondido mal a mi madre cinco veces…

—Esos son otros; pero antes acúsate del primero ¿ese tu novio se conformó con el beso que le diste?

—No señor, dijo que me quería mucho y que prontito me llevaría a la parroquia.

—¿Y así, con esa promesa, caíste?

—No señor, la que cayó fue Manonga que venía de paso y entró a descansar en casa.

—¿Manonga?

—Sí señor *curay*, ella cayó y tuvimos que disimular, y saqué un *potito* de chicha para invitarla.

Ante esta declaración de Ziska el señor Peñas se dijo:

—¡Pedazo de imbécil! Pero hay que complacer a don Antonio.

Y en aquellos momentos resonaron en las naves unos pasos menuditos, cuyo eco fue a herir el corazón del señor Peñas.

—¿Nada más eh? –preguntó él.

—Es todo, *curay*.

—Pues por penitencia rezarás cinco rosarios y darás, cuando puedas, dos soles a la demanda de Nuestro Amo –terminó el cura repitiendo en seguida la fórmula de la absolución.

Ella se levantó cubriendo su rostro ruboroso con el pañolón de lana, y en seguida ganó la tablilla otra mujer que, con el roce de su vestido, decía claramente su nombre y apellido.

—Siempre esperada, siempre calmosa –dijo el cura pasando por alto las fórmulas de introducción.

—Padre, necesito reprimenda, es cierto; pero dormí mal, me levanté enferma y…

—Ya, ya, eso trae el dormir acompañada; pero, vamos, hija. Ya he resuelto lo que debo hacer de ti, y necesito que me jures obediencia.

—Sí, lo juro, señor.

—¿Me juras que nadie, por terrible que sea lo que yo te diga o te revele, nadie lo sabrá?

—Sí, padre.

—¿Juras no reprochar mis mandatos, entregarte a mi dirección por completo?

—Sí, padre.

—Pues hija, hija del alma mía; yo tiemblo como un niño, me acobardo como un mendigo ante tí, sé lo que importa el juramento que me acabas de hacer, sé que eres incapaz de romperlo, Eulalia... Yo te amo, pero no con el amor mundano de los hombres; mi amor es noble, espiritual, levantado, necesito que tú correspondas ese afecto, así, espiritualmente, sin que tomen parte los sentidos ni la materia, Eulalia, ámame así, ¿me amarás?

—Sí.

—Me haces muy feliz. Ahora deja que yo arregle tus asuntos con tu marido, yo descubriré si te es infiel... y entonces...

—¿Me lo dirá usted?

—Acaso, según... hija... pero yo quiero verte de nuevo rozagante y bella.

—Gracias, buen padre.

—Eso del viaje a "Palomares" ¿en qué quedó?

—Insiste Antonio.

—Yo te ordeno que vayas. Asunción es mi confesada, es tu hermanita, quédate unos días con ella, yo iré a hacerles una visita, pero no digas nada a nadie; ni a ella ni a ellos: tú sola serás la depositaria de mis confidencias.

—Gracias, señor, gracias –dijo Eulalia satisfecha, orgullosa al verse favorecida con la confianza de su confesor.

Y siguieron hablando sigilosamente por media hora; ella, revelando los secretos más íntimos de su alma; él, recibiendo aquellas revelaciones entre estremecimientos involuntarios de su organismo, manifestados al exterior ya por sonrisas intencionadas, ya por oleadas de sangre que afluían a su rostro.

—¿Es todo? –dijo, por último, cambiando el tono del cuchicheo y alzando un tantico la voz.

—Sí, señor –repuso ella, que había entregado el perfume del espíritu, cuyas mejillas estaban encendidas como la más aterciopelada rosa de Jericó, donde resbalaban algunas lágrimas silenciosas, diamantes caídos como tributo del alma acongojada. ¡Ay! el espíritu de Eulalia estaba preparado en aquellos momentos como la cera blanda; el artista podría modelarlo a su capricho; mejor aún, parecía un vaso de agua cristalina. A ese hombre le tocaba verter en él la esencia aromática color de rosa de las virtudes cristianas; pero, el simple hecho de haberse colgado una sotana no para entregar a Dios vaso y aroma en el altar de los sacrificios, sino por buscar manera de vivir, no pudo, ni podía despojarlo de las miserias del hombre a las que sojuzga el respeto a las leyes de Dios y a las leyes sociales, emanación directa de aquéllas.

No vertió la esencia aromática de la virtud predicada por el Cristo, sino dejó caer una gota de veneno como gota de tinta que manchó el vaso y ennegreció el agua cristalina.

—Tú eres un ángel –dijo el cura.

Y, como ella callase sin encontrar respuesta aparente continuó él:

—¡Eulalia, no calles! Dame una prueba de tu cariño inocente, de ese cariño espiritual que nos liga desde hoy.

—¿Qué dice, padre?

—Pasa la mano por debajo de la tablilla, quiero estrecharla entre las mías como prueba del afecto entre padre e hija. Sí, Eulalia... ¿temes?... ¿desconfías?... ¿crees acaso que te ofrezco un amor mundano...?

Y ella, vencida por aquella frase, dominada completamente por la fuerza superior del hombre que la hablaba, con el intermedio de un pedazo de madera, buscó instintivamente el claro de la tabla, y por él introdujo una mano diminuta calzada con fino guante de seda.

El la tomó con la avidez con que pica el pez la carnaza del anzuelo, la estrechó entre sus manos y desprendiendo el botoncillo de porcelana, quitó aquel guante y llevó aquella mano, blanca como la leche, a sus labios quemadores y secos.

Eulalia sintió en su corazón una aguja clavada como un dardo, su sangre circuló con violencia, y en aquel ósculo le fue comunicada toda la corriente magnética de que estaba impregnada la naturaleza vigorosa, apasionada del amable cura Isidoro Peñas.

Despues retiró la mano suavemente, y él la dijo:

—Deja que se quede el guantecito.

Y aquella seda finamente trenzada, oliente a bergamota, quedó en poder del cura, haciendo las veces de un prisma de cristal al través, del que divisaba los colores del iris en los vergeles encantados del amor colmado, donde iba él en alas de un triunfo positivo, si hemos de tomar en cuenta aquel embrutecimiento en que se sume la mujer-cosa, tan diversa de la mujer-persona.

XXIII

L a Felicidad es también un hada caprichosa que corre veloz en el carro conducido por las ilusiones.

Pero, los días en que se la aguarda, las ruedas de su carro se ponen pesadas y las horas parecen eternas, como sucedía a Ildefonso que veía amanecer y anochecer los días largos como el invierno.

En el caserío de "Palomares" todo se hallaba cambiado con sorprendente rapidez.

Eulalia y doña Asunta, como llamaban en familia a la señora de Cienfuegos, se vieron, se abrazaron cordialmente y se comunicaron sus secretos, con las reservas que cada cual conceptuaba necesarias.

Fue Asunción la que dijo:

—Ya le digo a usted, Eulalita, conviene que nosotras dos consultemos a nuestro director sobre estos manejos de don Antonio y de Valentín.

—No me explico, en verdad, amiga mía, este empeño de traerme y luego regresarse los dos, sin aceptar ni el almuerzo del lunes que usted preparó con tanta amabilidad.

—Sí, hay algo entre los dos, Eulalita. Usted no sabe lo que son estos hombres de reveseros[149] y *tramoinos*[150].

—Por mi parte, misea Asuntita, yo no estoy ya tan ciega como antes con Antonio. Ya me he puesto en guardia, y si no fuese por mi confesor estaría pasando la pena negra.

—¡Ay! el señor Peñas es un santo, ya le digo a usted que lo quiero con todo mi corazón y daría mi vida por él.

—Y yo...

---

149 *Revesero*: (loc.) chismoso.
150 *Tramoino*: (loc.) tramoyero, tramposo.

Decían esto las amigas cuando entró Ildefonso, afanado y sudoroso, a dar la buena nueva de que llegaba el señor cura de Rosalina.

Don Isidoro había medido maestramente todos los efectos y las evoluciones del corazón femenino.

Después de su entrevista tierna, íntima, en que quedó convencido de que la mujer que amaba le correspondía, puesto que ella no rechazó ninguna de las libertades que él se tomó a guisa de correspondencia espiritual, se dijo:

—La he prometido una visita sin fijarle día, para que constantemente me espere y piense en mí; luego dejaré de verla, para prepararle el corazón a la obediencia ciega en los momentos de las impresiones fuertes. ¿Qué importa este momentáneo sacrificio que yo impongo a mi propio corazón, dejando de mirarla, si de él depende todo? Luego la casa de Asunta me prestará mayores seguridades.

Y cumpliendo estos propósitos dejó trascurrir ocho días de mortal ansiedad para Eulalia, en cuyo organismo se efectuaba la gran evolución calculada por el cura.

Este, por fin, al terminar la semana, llamó a uno de sus sacristanes de servicio.

—Ensilla la *Pajarera* con la silla nueva, y tú irás en la *Boticaria* –le dijo el cura señalando a las mulas por los nombres que tenían en la tropa de bestias, y se fue a tomar su poncho negro con listas azules, envolviéndose el cuello con una bufanda de lana morada tejida al crochet de ocho puntos; arremangó la sotana hacia la cintura quedando en traje de hombre, es decir en pantalones; calzó sus pies con ricas espuelas de plata esmeradamente bruñidas; sacó del armario un sombrero de paja con cintillo ancho de *gros* negro; cubrióse con él y salió fuera de la habitación.

En la puerta aguardaba el sacristán sujetando de la brida una mula tucumana parda, alta, de buenas carnes, recientemente herrada y enjaezada con un hermoso terno trenzado en *Curahuasi*, lleno de hebillas de plata. Lucía el animal una montura limeña de estribos cuadrados, chapeados de plata igualmente, y quedaba cubierta con un pellón *sampedrano*[151] de largo filamento.

El cura hizo una cruz con la mano sobre la montura, más por costumbre que por encomendarse, cabalgó y partió seguido de Perico, el sacristán de la parroquia, que los domingos cambiaba su chaquetilla de paño azul oscuro por la túnica de bayeta roja y el roquete[152] blanco.

Así llegaron ambos jinetes al espacioso patio de "Palomares", en cuyo empedrado desigual resonaron las herraduras de las bestias.

—¡Jesús! ¡qué buen mozo había estado! –dijo Asunción al ver al cura.

—Sí, de veras que parece un San Antonio –repuso Eulalia cuyo corazón hacía cabriolas dentro del pecho.

El, entretanto, se apeó de la mula, dio las riendas a Pedrito, soltó las faldas de la sotana y se dirigió hacia las dos señoras, a las que alargó la mano que

---

151   *Pellón sampedrano*: *San Pedrano* en el original; prenda que se usa encima de la montura, confeccionada de finas hebras de lana torcida a mano cosidas sobre un armazón de cuero. Su nombre proviene de la ciudad de San Pedro de Lloc (Pacasmayo) donde su elaboración es tradicional.

152   *Roquete*: vestidura eclesiástica de lino parecida al alba pero más corta y que se lleva sin ceñir al cuerpo.

ellas besaron. Cuando le tocó el turno a Eulalia, el señor Peñas cuidó de ajustar la mano contra los labios temblorosos de la presunta víctima, a cuyo roce revivieron todas las emociones ya dulces, ya lujuriosas, del amable cura de la parroquia, que, con fingida ternura, preguntó:

—¿Y cómo están estas mis hijitas?

—Tanta dicha no esperaba tener –dijo Asunción.

—Cómo estaremos solas y abandonadas en esta hacienda, señor –contestó Eulalia aparentando un si es no es de resentimiento por la demora, acaso comprensible sólo para el señor Peñas.

—Ni solas ni abandonadas, hija, puesto que cuando vuestros maridos os dejan, quizá por exigencia de los negocios, aquí está vuestro padre…

—¡Siempre tan bueno! –exclamó Asunción.

—Gracias de todos modos, señor –dijo Eulalia levantando cargos.

—Pero pase mi *taitito* aquí, aquí…

—¿Quiere sacarse las espuelas?

—¿Desea algo, mi padre…?

Preguntaron ellas alternativamente y Asunción, dando voces, dijo:

—¡Ildefonso! ¡Foncito! ¡Jesús, con este muchacho! Desde que se le ha metido el diablo en el cuerpo ya no se cuenta con él.

—No hay que molestarse, Asuntita, que todos somos de hueso y de carne –exhortó el señor Peñas, sacándose las espuelas primero y después la bufanda y el poncho, que acomodó en el respaldo de una silleta dejando las espuelas debajo de ella.

—*Taitito* ¿qué le ofreceré a usted? ¿una *chabela*[153], un vaso de chicha morada o una copita de puro? –enumeró Asunción.

—Venga la *chabela*, que esa aplaca la sangre y alimenta –dijo el cura.

—Volandito –contestó doña Asunción saliendo de la pieza.

—Eulalia: mucho y grave tengo que decirte. Voy a procurar una conferencia contigo; déjame hablar un momento con Asunción –dijo el señor Peñas en cuanto quedaron solos, dando a sus palabras un tono de misterio y dirigiendo miradas hacia la puerta.

—En el momento, padre mío –repuso ella saliendo en busca de su amiga.

Cuando Asunción entró en la vivienda el cura paseaba largo a largo la sala, examinando con escrúpulo los menores detalles de ella.

—Dispense usted *taitito*, que mucha cachaza[154] es achaque de viejas –dijo ella, llegando con el vaso de chabela preparada con chicha de jora y vino generoso.

—Pues no; te declaro, hijita, que has tardado sólo lo preciso para criar ganas –repuso él tomando con una mano el vaso y palmeando, con la otra, suavemente en el hombro de la señora. En seguida acercó el cristal a los labios y apuró de golpe el contenido, vació un pequeñísimo rezago en el platillo, limpióse la boca con su pañuelo cuidadosamente doblado, y devolviendo el vaso dijo:

153 *Chabela*: bebida de vino y chicha.
154 *Cachaza*: lentitud premeditada en una tarea.

—Como de manos *angelorum* [155].

—Que Dios le pague tanta bondad, señor.

—Aguarda, santica, aguarda, pues tengo que decirte alguna cosita antes que venga tu amiguita —observó el cura poniendo en práctica su plan preconcebido.

—Aquí soy toda oídos, *taitito* —repuso Asunción deteniendo el paso y prestando respetuosa atención a las palabras de don Isidoro.

—Bueno, hija, todo es en reserva ¿eh? Yo he venido por arreglar unos asuntos de conciencia de este matrimonio. La pobrecilla es una bienaventurada; pero estos hombres se van poniendo ¡puf! que ni condenados, desde que se usan estos estilajos [156] de liberales y racionalistas, y tanta patraña y herejía...

—Dice mucha verdad mi *taitito*. ¡Ay! harto tengo que consultarle también yo de este Valentín.

—Lo que quieras, hija; yo estoy para consolar a las que necesitan de consuelo.

—Dios le pague, señor.

—Pero antes tengo que tratar con doña Eulalia, y espero que en tu casa me darás un momento de sosiego.

—Cuando guste, señor, para eso está su criada —respondió Asunción con exagerados ademanes, al extremo de que casi se le va el vaso de la mano, en momentos que llegaba Ildefonso, quien se inclinó y dijo:

—Ya las mulas están aseguradas con alfalfa limpia, y mi *tata* sacristán *acomodao* como canónigo.

—Bueno, bueno, bribonazo. Y ¿cuándo acabas de acomodarte tú con la chiquilla de la quebrada? —contestó el señor Peñas aparentando amabilidad y dando a su frase el tono de chanzoneta.

—Ay, mi *tata*, ya poquitos días restan de soltura y *libertá*, que el día de mi padre San Francisco, si Dios quiere, usted nos echará el nudo de ¡ni quién desate! —contestó Ildefonso.

—Pero llamen a la señora de López, que no se pierda tanto por adentro —dijo el señor Peñas, variando el tema de la charla, y dirigiendo la visual hacia el lugar por donde pasó Eulalia, agregó:

—Creo que mi Asuntita no será tan agarrada que deje de convidar otro vaso de *chabelita* para tomar todos nosotros a la salud de este presunto novio.

---

155 *Angelorum*: (lat.) de los ángeles.
156 *Estilajo*: postura, pose.

XXIV

Don Valentín y don Antonio regresaron a Rosalina la tarde misma del domingo, comenzando el lunes sus proyectados trabajos, que emprendieron con resultado halagador.

En el momento en que volvemos a encontrarlos, el señor López cubierto de una blusa azul de trabajador, atada la cabeza con un pañuelo blanco, agarraba en la mano izquierda una lámpara de minero y en la diestra una enorme barra de platina, y entrando a una claraboya, abierta en la tierra, comenzó a bajar unos escalones improvisados con troncos y adobes, semejantes a los que sirven en las trojes de empalizada, y comenzó a contar mentalmente.

—¡Uno, dos, tres, cuatro, cinco, seis, siete!

Al dar el último número pegó un pequeño salto, como para afianzar definitivamente las pisadas, y la luz de la lámpara iluminó mortecinamente el tétrico recinto, oscuro como boca de lobo, dejando ver diversas herramientas en un taller de herrero y grabador a la vez.

—¡Cómo me tiemblan las carnes! ¡No parezco un hombre aquí... un hombre! Bien que... digamos claro, tampoco estoy en mi centro. No sé qué fuerza impulsiva ejerce sobre mí este maldito Valentín, desde aquel día fatal. A veces creo que la acción de mi revólver hubiese sido más eficaz. ¡Cáscaras!... ¡he sido pusilánime! ¡Pero ella!... ¡la adorada mujer!... ¡ah! ¡vida de perros!...cosas existen en este miserable mundo que dan al traste con filosofía y todo, y casi, casi, sí señor, nos empujan al fatalismo...

En el curso de estas reflexiones, don Antonio colocó la lámpara encima de un banco, junto a la barra de platina, y fue escogiendo martilletes, buriles y remaches con sumo cuidado.

Luego resonaron unas pisadas en el exterior y crujió la madera de los escalones dando el quién vive a los que profanaban el misterio de aquel recinto, sin que el señor López parase mientes en tal accidente, absorbido por su ocupación.

Trascurridos algunos segundos, llegó don Valentín acompañado de un hombre alto, fornido, de patillas ralas como los palos de la *canchalahua*[157], amarillos como ésta. Sobre su cara blanca lucían dos ojuelos azules como cuentas de vidrio, y entre uno y otro se levantaba altanera una nariz tosca y colorada.

Las tres personas se saludaron sólo con un movimiento de cabeza, levantando la barba en *tono* de pregunta, y tomaron parte en la labor comenzada por López.

El silencio que reinaba, unido a la atención que embargaba a los operarios, decía claramente que era aquel trabajo de importancia.

Así continuaron durante dos horas; al cabo de ellas dijo Cienfuegos a media voz:

—¿Por hoy creo que tenemos tarea llenada?

—Eso diciendo cuerpo *mí* que pidiendo *una trago* –repuso el hombre fornido, a lo que observó López:

—Por ahí empieza usted y acaba siempre, Mister Williams.

—Como dice *mí* dicen todo hombre trabajando fuerte –dijo y alzó la lámpara.

Don Antonio y Cienfuegos acomodaron algunos objetos con señales determinadas, y comenzaron la ascensión seguidos de Mister Williams. Una vez llegados al término de la salida, que daba a una vivienda, Williams entregó la lámpara al señor López que, después de apagada, la colgó en un clavo de la pared, y luego preguntó dirigiéndose a Valentín:

—¿Y, mañana a qué hora será la marcha?

—Es curiosa tu violencia, Antonio.

—Te digo francamente, Valentín, que deseo verla y traer a mi Eulalia. Esto no puede prolongarse ni repetirse.

—¿Cómo?

—Prefiero decirla todo. Si ella me ama guardará mi secreto.

—¿Y si ya no te ama?

Esta pregunta hizo circular una corriente de mentol en el organismo del señor López, que palideció visiblemente.

Mister Williams, indiferente a la conversación, había sacado un cigarrillo, lo armó y encendió, dando el primer chupetón con la avidez del vicioso que, por algunas horas, se halla privado de aquella suprema delicia trocada en humo.

—No quiero ni suponerlo, Valentín, eso sería terrible.

—Pero mil cosas terribles se ven en la vida.

—No amarguemos la sangre. ¿A qué hora partimos?

---

157   *Canchalahua*: *Erythrea chilensis* planta andina.

—Saldremos cuando gustes.

—Pues, a las nueve. Almorzaremos en "Palomares", y en la tarde regreso con ella.

—Convenido; pero no pienses ni por tentación decirle nada. Tú no sabes que las mujeres no guardan secretos; y, sobre todo, hecho el trabajo fundamental, esto es, arreglado el sótano, ya las cosas tomarán otro rumbo y pretextos no nos han de faltar.

—Convengo, Valentín. Por tu parte agasaja a doña Asunción, no seas terco con ella; comprométela para que nos acompañe el día del matrimonio de Ildefonso…

—Si ella es la madrina.

—Tanto mejor, compensaremos estas horas tristes con unos ratitos de gloria –dijo el señor López con tono sagaz, sacudiendo el polvo de su calzado con el pañuelo que acababa de desatar de la cabeza, y caminando después hacia un lavabo de hoja de lata colocado en atril.

Cienfuegos, por su parte, limpióse el vestido con un cepillo que tomó de la mesa, y dijo riendo:

—Me entretiene la sencillez con que te preocupas del matrimonio del cholo[158].

—He simpatizado mucho con él; es un corazón abierto, franco y debe ser leal.

—Con la lealtad de estas gentes de pueblo que esperan que uno dé la vuelta para arrimarle de palos.

—No seas pesimista, y, tú ¿de dónde eres, tagarote?[159]

—Nací, por mi desdicha, en este villorio; pero harto hago por sacudirme del capullo y volar, cual pintada mariposa, a regiones de vida y salud. ¡Caspiroletas! y si esto anda como principia, en dos años iré a Roma por la bendición del Papa.

—Yo he perdido la fe en los negocios, Valentín, y no sé qué corazonadas me dan de que esta mina ha de ahogarse.

—La única corazonada puede ser el haber muchas manos en el tiesto; pero como cada una está atada… –repuso Valentín con reticencia, arremangando los puños de la camisa para lavarse las manos.

Antonio tenía entre las suyas una toalla felpada con que se secó, y la ofreció en seguida a su compañero, sacudiendo después del brazo a Mister Williams que estaba como petrificado enfrente de ellos, observando los giros que daban las pequeñas columnas de humo del cigarro ya casi reducido a pucho.

—¿Mister Williams, desde el jueves todas las tardes, eh? –le dijo.

—¡Ah! ¡sí, mucho buena caballera –respondió el americano, y se largó sin más explicaciones.

Williams era un ente raro. Callado, caviloso, excéntrico, parecía guardar

158 *Cholo*: despectivo por mestizo de raza india y española.
159 *Tagarote*: hidalgo pobre.

en el fondo de su alma un abismo oscuro como el crimen, o tal vez insondable como el dolor. Sus ojuelos brillaban sólo cuando veían una copa de *whisky*. Aseguraba que su oficio era dorador de metales, y alguna vez que le preguntaron por su nacionalidad mencionó la Carolina del Norte.

Don Valentín Cienfuegos trabó amistad con él en la feria de Vilque, y pensando en sus proyectos se dijo: este es mi hombre– y lo llevó consigo dándole diversas ocupaciones mientras llegaba el momento. Después de los arreglos de Valentín con el señor López, Williams fue empleado sin observación alguna, siendo su virtud principal hablar poco y trabajar con tesón, así como su gran defecto consistía en beber mucho *whisky* y consumir tabaco en todas las formas conocidas; porque a Williams le era familiar el cigarillo, tanto como la cachimba y el puro de a centavo.

El señor López se sacó la blusa azul cambiándola por el saco de casimir, ordenó sus cabellos con el peine y, cubriéndose con el sombrero de fieltro negro, invitó a Valentín a salir a la calle.

—Iremos a la ruleta –dijo éste.

—Como gustes; el objeto es matar el tiempo.

XXV

En la casa de Ziska los preparativos tocaban a su término, y puede decirse que allí exclusivamente reinaba la paz que los negocios, la ambición y la intriga han robado a los hogares en la sociedad con civilización a medias.

Ildefonso, fiel a sus promesas, llegó a la casa y dijo a doña Mónica:

—*Catay*, señora suegra, que con permiso de *usté* traigo el viático para mi virgencita —y alcanzó a su novia un bolsillo de lana, conteniendo los doscientos soles que consiguió de doña Asunción y algunos otros de sus ahorros.

—¿Ya ni para qué me dices, Foncito? Ella es tu mujer y puedes darle cuenta de tu sudor y de tu fatiga —repuso ella.

Ziska, al recibir el bolsillo, preguntó:

—¿Todo me traes Foncito, y tú?

—No te afanes, *moñina*, el hombre es hombre y saca mortaja de la baraja —contestó el mozo riendo.

—Bueno, lo sé; pero ¿de qué te vistes el día aquel?

—Yo de Coronel, claro, ya está *asegurao* el uniforme, y de lo buenazo.

—Cierto, Foncito, que en todo no parece sino que misea del Carmen es la que ha *tapau* la casa con su escapulario. Yo he *conseguiu* unas prendas de las mejores, y ya verás a tu Ziska el día de la boda.

—No hay como andar derecho por el mundo.

—Eso sí que es clarito como el sol, hijo.

—Pues, Foncito, yo quiero que tú determines en una disputa que tenemos con *mama*.

—¿Y?

—Ella dice que alquilaremos la banda de don Esteban, y yo y mis hermanas queremos la del cojo Pinelo, porque tiene dos clarinetes y platillos y chinesco.

—Bueno, hija, si en eso no hay disputa ahora. Yo dije eso porque la del cojo Pinelo vale más, y como no contaba con lo que trae tu *mariu* había que ajustarse.

—De modo que en paz y en vísperas, *moñona* —dijo Foncito, abrazando por la cintura a la muchacha y comiéndosela a besos con los ojos. Y al llegársele le dijo al oído:

—*Entro e poco* serás mía para siempre.

—¡Ay! déjame, Ildefonso, no seas atrevido. ¡Jesús! ¡y lo que me ha *costao* con el cura tu cariño del otro día! —respondió la muchacha, esquivando el cuerpo a su novio.

—Guá, qué lisura! ¿y qué hubo en mi casa? —interrumpió doña Mónica tomando un aire de gravedad.

—No fue *naa*, señora suegra, *naa*, que si algo hubiese habido, le juro por quien soy, que no vuelvo a pisar estas puertas, y ella se habría entendido con la encomienda.

—¡Pues! ¿y qué dices, moza?

—No te enojes *mama follullita*, si yo le hago *idea* a Foncito por darle que rabiar; eso que me dijo el cura, ya le contaré despacio —contestó Ziska con los carrillos rojos y procurando reír.

—A mí no me gustan lisuras, ya lo sabes, Ildefonso; yo he *criao* a mis hijas para hombres *honraos* como tú y se acabó —dijo doña Mónica sacudiendo las faldas de su vestido.

—Trato cerrado no *almite* pleitos, doña Mónica. Yo nada tengo que ver con *naidie*, el jueves se cumple mi día, y ahora tengo que tratar con el párroco a ver si hace el matrimonio tempranito; porque sería mucha molestia ir desde aquí de noche.

—Esa es *verdá*, y en poniendo empeño tus padrinos ya verás como se allana *too*. Sólo para los pobres hay dificultades.

—¿Y tú ya te has *confesao*? —preguntó Ziska con interés.

—Eso lo dirá el gallo cuando cante, a la media noche, cocorocoó —repuso Ildefonso contento como al principio, y luego dirigiéndose a la madre de la novia, dijo:

—Bueno pues, doña Mónica, yo no vengo ya aquí, ustedes irán a la casa del padrino llevando todo y la hora les mandaré avisar con Marcelino; porque en estos trajines se me va el tiempo, y también yo tengo que atender allá en la casa, que allí está la esposa de mi padrino…

—Convenido, ya se lo *queide* hacer, y no tengas *cuidao* por esa parte.

—¡Adiós, pues, hasta pronto!

—¡Adiós! —dijeron ellas, y Foncito salió enviando desde lejos besitos volados a su novia.

Doña Mónica, en el acto se puso a dar órdenes terminantes, y Ziska a arreglar una petaca de cuero donde acomodaba distintos objetos y piezas de vestir.

Ildefonso llegó en unos cuantos minutos a "Palomares", donde sus atenciones se redoblaban con motivo de la permanencia de Eulalia; puesto que él y Manonga, más experta que las indias de servicio, tenían que arreglarlo todo, desde el ponche de la mañana, mientras las señoras rezaban la novena del *Justo Juez* y después conversaban de sus sospechas recíprocas acerca del comportamiento de sus maridos. Y así llegó el momento de la presencia del señor Peñas, al que dejamos pidiendo una *chabela* para beber a la salud del presunto novio.

—Con el mayor gusto, *tataito*... a ver Manonga –dijo doña Asunción, mientras Ildefonso pasaba la voz de llamada a doña Eulalia que no se hizo aguardar.

Simultáneamente entraron en la sala Eulalia y Manonga, seguidas de Ildefonso que recibió de la segunda un azafate, con cuatro vasos de *chabela*, y acercándolo al señor Peñas le dijo:

—*Usté* elegirá, mi señor.

—Estos dos para mis dos hijas –contestó él, agarrando dos vasos con ambas manos y alcanzándolos respectivamente a Eulalia y Asunción.

—Para ti será éste, y yo...

—Falta un vaso, Manonga.

—No, tomará Ildefonso como novio, *señoray*, que yo acabo de beber una *chicha de ojo*[160] –repuso Manonga recibiendo el azafate vacío de Ildefonso, y salió.

—Pues, que seas buen casado y críes en el temor de Dios a tus hijos –brindó el cura y bebió sin apartar la mirada de la señora de López.

—Esta Manonga que se lleva la *charola* –dijo Asunción sin saber donde colocar el vaso.

—Deme *usté* su vaso, *mama* –dijo Ildefonso, colocando éste y el suyo en la mesa del centro, y volviendo a recibir el del cura y Eulalia.

—¿Creo que es tropel de caballos? –observó Eulalia parando la atención. Ildefonso se asomó a la puerta precipitamente y, volviendo, dijo:

—Son los patrones, *mama*.

—Recojan esos *cristales*, no vayan a creer que bebemos –advirtió el cura visiblemente contrariado, y dirigiéndose a Asunción la dijo:

—Espero que me darás una vivienda reservada, yo necesito descansar.

—Todo tendrá *usté*, *tataito*, voy a ponerle una cama en el escritorio de Valentín.

—Eulalia, hija mía, yo he venido por hablar contigo; confíate de Asunta –dijo el cura a media voz a la señora de López, que lacónicamente contestó:

—Está bien.

---

160 *Chicha de ojo*: bebida fermentada hecha con maíz crudo machacado al que se le agrega grasa para hervirlo; se le añade panela y clavo. El nombre se debe a que, al fermentar, se forman unas manchas de grasa (ojos).

Y las herraduras de los caballos briosos y ligeros, resonaron en el empedrado de la casa, del mismo modo que el rodar de las espuelas cuando los jinetes se apearon.

Don Antonio y Cienfuegos entraron sin ceremonia a la sala.

—Buenos días.

—Hola, mi cura ¿usted por acá?

—Sí, caballeros. Así andan los tiempos... las visitas en la casa y los patrones en la calle –contestó él disimulando su contrariedad.

—De Rosalina venimos, allá hemos estado toda la semana.

—Así lo supongo.

—¿Cómo va la salud, misea Asunción? y tú ¿cómo estás, hijita? –preguntó el señor López.

—Buena.

—Bien.

—Ni qué preguntarle, señora. Cada día está usted más hermosa, perdone Antonio –dijo Valentín, y sus palabras mordieron como una víbora el seno de Asunción que, al oír la galantería dirigida a Eulalia, se puso en acecho. Esas frases fueron suficientes para echar por tierra todo el cúmulo de reflexiones, y su pensamiento volvió a fijarse en las palabras de Ildefonso que le había dicho: si sale cierto, yo castigo y vengo...

Don Antonio también encontraba a su mujer más bella. Había adelgazado imperceptiblemente en ocho días, un ligero tinte de palidez se notaba en su semblante, y sus ojos, sombreados por una tenue gasa negra, parecían más grandes, quedando en sus labios la frescura de las frutillas de primavera.

—Yo acababa de pedir una pieza para descansar, señor don Valentín –dijo el señor Peñas.

—Hija, atiende al señor cura.

—Sí, está listo el cuarto, por acá pasará mi *taitito*.

—Pues entonces con el permiso de ustedes –dijo don Isidoro, alzando su poncho y bufanda del espaldar de la silleta y las espuelas que colocó debajo.

—Que descanse bien, señor.

—Hasta luego, lo llamaremos para el almuerzo.

—Sí, y que no dure mucho el reposo.

Dijeron simultáneamente los presentes, y el cura penetró en un tercer cuarto que servía de escritorio a Valentín donde, por orden de Asunción, habían colocado Manonga e Ildefonso, un pequeño catre de viento[161], limpia y confortable cama en la que se acostó largo a largo el párroco, profundamente embargado por un gran pensamiento que debía resolverse en aquel día sin prórroga posible.

Doña Asunción salió para ocuparse con Manonga de los asuntos relativos al almuerzo, dirigiéndose Cienfuegos a su dormitorio. Cuando López quedó solo con Eulalia, fue a sentarse junto a ella, y tomándole suavemente la mano

---

161 *Catre de viento*: cama portátil, cama antigua en forma de tijera.

la llevó a sus labios, y la dijo:

—No sabes, esposa del alma, el sacrificio que me he impuesto privándome de tu compañía. ¡Ah! he sufrido mucho.

—¿Dices verdad?

—¡Cómo Dios lo sabe! ¿Y por qué dudas?

—Entonces Antonio, ¿qué misterio nos separa? tienes acaso algún secreto y te avergüenzas de que yo...

—¡No, no, Eulalia, te hablo con el corazón en esta mano que estrecha la tuya! ¡no! ¡te amo más que nunca!

En aquel momento crujió un mueble como un cajón forzado; pero ninguno de los esposos advirtió el sonido.

—Diera algo por saber si dices la verdad.

—Nada necesitas dar, alma mía, porque lo sabes, te lo juro, te lo probaré.

—¿Y por qué huyes de mí? Lo que pasa entre nosotros dos no puedo explicármelo, Antonio. Al principio me dijiste que tus negocios iban mal, y hasta llegaste a preguntarme, en una de nuestras horas de felicidad, si viéndote arruinado te amaría siempre. Después, tu carácter se ha convertido en hosco y caviloso, y gastas dinero como si aquellos quebrantos de que me hablaste hubiesen sido fingidos.

—Eulalia, todos esos cargos házmelos, pero no dudes de mi amor. Tú eres para mí la única mujer en el mundo sí, sí –dijo el señor López con frenesí y atrajo con pasión el cuerpo de ella que estrechó entre sus brazos, y devoró los rojos labios de ella con los suyos sedientos de una dicha sin nombre.

En aquellos mismos momentos el cura Peñas, que en vano intentó dormitar reclinando sobre los almohadones, cuajados de mallas y labores de mano, fue a sentarse al escritorio de don Valentín, y sea por propósito deliberado o por mera curiosidad, fue abriendo uno a uno los cuatro cajoncitos en que había útiles de escritorio y diversos papeles numerados. Por una de aquellas casualidades que jamás alcanzamos a explicarnos, su mano tomó el pliego signado número tres con lápiz rojo. Desdobló el papel siempre preocupado, y repasó la escritura maquinalmente, como suele hacerse en casos semejantes; pero cuando llegó a la conclusión saltó en su asiento, como herido por un rayo, paseó en su semblante una sonrisa satánica, y volvió a leer el contenido con suma atención.

—¿Tengo un ángel malo o bueno que me proteje? Esto es todo. ¡Plan definido, no necesito más! –se dijo dándose una palmada en la frente. Paseó su mirada recelosa por todos los rincones de la sala, y seguro de su soledad y del silencio que le rodeaba, dobló cuidadosamente el papel, lo guardó en el bolsillo de la sotana y fue a echarse nuevamente en la cama.

XXVI

La voz de Ildefonso fue notificando que el almuerzo estaba servido; y el señor López, despojado ya desde momentos antes de sus prendas de viaje, tomó de la mano a Eulalia, dirigiéndose ambos al comedor donde aguardaban Asunción y Cienfuegos. El señor Isidoro Peñas fue el último en llegar, haciendo ostentación de amabilidad, y frotándose las manos, dijo:

—Creo que esperan.

—Sí señor, pase por acá –contestó Cienfuegos señalando el asiento de la cabecera.

—¿A servirles de respeto, no?

—Éste platito de *chairo*[162] para mi *tata* –dijo Asunción pasando uno servido.

—¡Y qué buena cara la del *chairito*! ¿tendrá retazos de *cucho*? –preguntó el cura oliendo la vianda.

—Ni sé, mi *tata*; la Manonga es la que está desempeñando la cocina, y para la tarde nos prepara un *pollito de viernes*.

—Hola, la Manonga es veterana.

—¿A qué llaman *cucho*, mi cura? –preguntó don Antonio.

—Hombre, aquí los de un departamento no nos entendemos con los de otro; y no es raro que en Lima pregunten cómo crece el *chuño*[163]. El *cucho*, mi amigo, es el borreguito tierno, deshuesado y salado.

—¡Cómo! ¿no te acuerdas que una vez nos obsequió el gobernador uno, cuando sacaste a Miguelito de la recluta? –observó Eulalia.

—¡Cabal pues! No me acordaba.

—Primero beberemos un *tránquilis* para abrir las ganas –propuso Valentín.

162 *Chairo*: sopa típica de carne de res, chalona (cecina de carnero o alpaca, usada como saborizante), papas, zapallos, zanahorias, ajíes, habas, col, choclos, etc.
163 *Chuño*: patata helada y secada al sol. También la fécula de la patata.

—Aceptado, el *matagusano* se hace necesario en estas alturas —opinó el señor Peñas, tocándole la comisión a Ildefonso.

—Vaya, novio; por este servicio voy a tratar ahora de su *remedio* —dijo el cura riendo al recibir la copa.

—Verdad que se acerca el día.

—Y si a ustedes no les parece mal podemos hacer el matrimonio en la capilla de la hacienda —ofreció el párroco.

—Eso que lo resuelva Ildefonso; pero tomemos antes, que las moscas amenazan las copas —dijo don Antonio.

—¡Salud!

—¡Salud! —repitieron todos. Don Valentín después de limpiarse los labios con la orla del mantel, dijo:

—Bueno, Foncito; ya que vas a entrar en el gremio, agacha la cabeza y decide donde quieres recibir el yugo: aquí o en la parroquia.

El mozo se puso a reflexionar por cortos momentos y contestó:

—Para mí lo mismo da aquí que allá, señor; pero la chica querrá lucir su *paramento* [164] y que la vean las del pueblo…

—Y que la envidien al ver que se lleva un mozo tan guapo como tú —interrumpió don Antonio.

—O que la compadezcan las que saben llevar la pesada cruz —observó doña Asunción.

—Gracias, señora —dijo Cienfuegos socarronamente dándose por notificado.

—No creo que diga eso Asuntita por quejarse —aclaró el cura.

—Vaya que ustedes se llevan la bola por otro lado; se trata de saber dónde se hace el matrimonio —dijo Eulalia, a lo que don Antonio repuso:

—Por convenir a los intereses de la ahijada y a nuestra cortesía se hará en el templo de Rosalina; así tendremos, también, motivo para llevar a casa a la señora Asunción que es la madrina.

—Sí, padrino, y allá echaremos una *moza-malita* [165] con banda de viento —dijo Ildefonso traspirando alegría por todos sus poros.

—Como ustedes dispongan, que yo soy el capellán —respondió el señor Peñas interiormente contrariado porque su escenario de ataque en los planes forjados era la casa de Asunción, donde él disponía de toda la gente femenina y por el momento aun de Ildefonso.

—Por acá el *soconusco* [166] —dijo don Valentín a Manonga que llegaba con tazas servidas y colocadas en bandeja.

—Me suscribo al chocolate, porque aquí lo toman puro, sin esa canela ni habas tostadas que le echan las monjas —dijo el cura.

—Este es del Cuzco, legítimo.

—Tengo un *sucumbé* [167] de leche ordeñada ahoritita, con huevos de ga-

164   *Paramento:* atavío arreglado, ropa elegante.

165   *Moza-malita:* mozamala, danza social del Perú, también llamada "zamacueca" o " zanguaraña" y luego "marinera", de coreografía sensual y seductora.

166   *Soconusco:* chocolate, por la zona homónima (antiguamente Xoconochco) en el estado de Chiapas, México, de donde procedía el cacao más fino desde los tiempos precolombinos.

167   *Sucumbé:* especie de ponche a base de leche, huevos, azúcar, canela y Pisco o Singani, bebida destilada típica de Potosí.

llina guinea y el *pisco* que vende la *Mantón blanco* –ofreció Manonga.

—¡Jesús! qué rico estará ese *sucumbé*; a ver un vaso.

—Yo tomo también, que a mí me gusta la lecha en todo –dijeron Eulalia y Asunción respectivamente.

Manonga no tardó un minuto en presentarse con dos vasos rebosantes de espuma y aromáticos que trascendían a distancia.

—Está tentador el *sucumbé*; a esto lo llaman en Lima *caspiroleta*, en Arequipa *ponchecito batido*, en Puno *leche de cielo*, y en Ayacucho *corta-calambres* –relató don Isidoro.

—Yo tomaré de él, doña Manonguita, y declaro que usted ha remachado con clavo de plata este almuerzo tan bueno –dijo don Antonio.

—Mi patroncito siempre tan bien *manerao* –repuso ella en tono de agradecimiento.

—Te comprometo a que no faltes en casa el día de las bodas de Ildefonso –previno Eulalia.

—No, *niñay*, si yo estoy en los secretos de ellos desde la *pretensa*[168] –repuso ella mirando al mozo que, callado y meditabundo, sopaba una rebanada de pan en el pocillo de chocolate.

—Pues… yo soy de parecer que el chocolate del Cuzco es *bocato di cardinale*[169]; no lo cambio por otro –dijo el cura, limpiándose los labios con el mantel, después de haber agotado su ración, y paseando la mirada por el contorno de la mesa para ver si todos habían concluido. Entonces dijo:

—*Deo gratias*: ahora no vendrá mal un ratito de siesta.

—Cuando usted guste, *tataito*, que su cuarto lo conoce ya –repuso Asunción.

—Nosotros vamos contra esa regla. Antonio, daremos un paseo por el gramadal[170]; nos acompañarán las señoras –dijo Valentín ofreciendo un cigarrillo al cura y a su amigo, mientras Ildefonso apuraba un vaso de agua fresca y cristalina.

El señor Peñas dirigió en aquel momento una mirada a Eulalia y Asunción, mirada de grillete, si así pudiera llamarse a la que, en ciertos casos, dan los ojos para impartir un mandato irrevocable; mirada hipnótica que determina hasta el crimen, y que sin embargo puede pasar inadvertida para los espíritus que no están comprendidos en la corriente magnética, como sucedió esta vez en que ni el señor López, ni don Valentín, ni Ildefonso pararon mientes en ella; pero las dos mujeres quedaron como anonadadas, y Asunción rompió el momentáneo silencio diciendo:

—Ustedes vayan, que nosotras tenemos algo que hacer en casa.

—Si, y también el sol está picante –apoyó Eulalia.

Y todos salieron del comedor.

Ildefonso que estaba en ascuas por comunicar a su novia que el jueves, a las nueve del día, iba a ser la ceremonia en el templo de la parroquia de Ro-

---

168 *Pretensa*: (loc.) período cuando el novio comienza a pretender y cortejar a la novia.
169 *Bocato di cardinale*: (it.) "bocado de cardenal"; lo más exquisito, que supuestamente en las órdenes religiosas se reservaba a la jerarquía cardenalicia.
170 *Gramadal*: prado cubierto con pastura.

salina, se fue corriendo en busca de Marcelino con quien pasó recado al caserío de doña Mónica.

Transcurrieron treinta minutos escasos cuando la voz del señor Peñas se dejó oír, llamando desde la puerta con ese tono hipócrita que imita la gravedad:

—¡Asunta, Asuntita!

—A su mandar, *taitito* —respondió lista ella, separándose de Eulalia en cuya compañía comentaba ciertos detalles del almuerzo y la llegada de los maridos.

—Hija, ya te dije que mi venida obedece a serios asuntos que tengo que hablar con tu amiguita; y como debo regresar ya, desearía, pues, que tú con tu prudencia, me proporciones una entrevista, sin que de esto se impongan don Antonio, ni tu marido, ni nadie. Hay secretos que no todos pueden guardar.

—Por mi parte, *taitito*, de aquí no sale un sí ni un no —dijo ella haciendo una cruz en su boca.

—Bueno, así reservadas, así prudentes deben ser las mujeres; porque el corazón no debe conocerlo sino el padre espiritual.

—Ya lo dije, *taitito*.

—Llama, pues, a Eulalia, y ten cuidado por afuera —dijo el cura dándose a comprender en toda su plenitud por su hija de confesión, y volvió a la vivienda empeñado en contener las emociones que se agolpaban a su corazón.

—¡Momento supremo! ¡cuánto has tardado en llegar, pero al fin llegas! —se dijo el señor Peñas dejándose caer de golpe sobre la cama.

—El *taitito* dice que tiene unas consultas serias que revelarte, Eulalita; vaya usted, vaya que yo estaré por aquí cerca para lo que se ofrezca —dijo doña Asunción sacando del bolsillo del vestido un ovillo blanco con el cual estaba tejiendo malla.

—Cierto, Asunción, que tal vez por eso se molestaría en venir el señor cura.

—¡Si es tan bueno! ¡es un santo!

—Allá voy, que prontito vuelvo, ya hablaremos —contestó la señora de López caminando.

¿Qué observación sicológica puede determinar las diversas, cambiadas y casi inverosímiles emociones de una mujer colocada en el caso de Eulalia? Ninguna; porque hasta hoy, el corazón de la mujer es un abismo cuya oscuridad mantiene la ignorancia, y ¡ay! de aquélla que pidiendo gracia al Dios de las alturas enciende una luz en su conciencia y, ante la llama vívida de la razón, encuentra sepulcros blanqueados, allí donde soñó ver la sublime emanación de una religión santa, divina como su fundador.

Eulalia se detuvo en el dintel del escritorio de don Valentín Cienfuegos, y vaciló para dar el último paso que le daba entrada en el aposento.

Si el entusiasmo de las palabras de su marido, si sus caricias vehementes habían tranquilizado su corazón; si ella lo amaba ¿por qué acudía a la llamada del cura cuyos labios posados sobre su mano la hicieron estremecer de un modo pasional? ¿por qué no evitaba verse, cara a cara, con el que le arrancó repetidos juramentos de sigilo para decirla *yo te amo*? Tupida y fuertemente atada es la venda del fanatismo en cualquier orden que se le considere.

—Es un amor espiritual que en nada puede afectar la honradez de una mujer casada —se repitió mentalmente, por toda explicación, la señora de López, y avanzó varios pasos diciendo:

—¿Me llamaba usted, padre?

Entretanto Asunción, al formar las primeras cadenetas de la malla, se decía con verdadero dolor:

—Perdóname, Eulalia, tanto juicio temerario que he hecho de ti con mi marido, cuando tú eras tan arreglada.

XXVII

Reinaba silencio absoluto por todos los ámbitos del caserío de "Palomares", hermoso con sus minaretes blancos y sus techos colorados de tejas.

El aire saturado de los perfumes del trébol, las flores de las habas y el maíz en penachos rubios, brindaba a los pulmones una atmósfera caliente al rigor del sol suspendido en un cielo trasparente donde ni la más ligera gasa en forma de nube, interceptaba uno solo de los rayos que abrasaban la tierra con el calor tropical, señalando la hora de las germinaciones en el seno de esa madre cuyos secretos posee el Autor de la Naturaleza, secretos que roba el naturalista para determinar cómo se hincha la semilla, se abre y brota un ojo imperceptible que, rompiendo a su vez la capa terrestre, surge hasta convertirse en el frondoso *pisonae* coronado de bombones rojos o en el saúco de albos plumajes.

¡Momentos solemnes!

Acaso determinan también para el hombre, la hora de las grandes efervescencias de la sangre, que le impelen a arrojarse en brazos del placer, excitados sus sentidos con ese efluvio de atmósfera tibia y olorosa.

Cuando el cura Peñas vio a Eulalia, se puso de pie, esforzándose por tranquilizar su propia sobreexcitación y, estudiando una forma para no alarmarla, le ofreció una silleta y la dijo:

—Sí, Eulalia; y como hemos de hablar largo, será bueno tomar asiento.

—Gracias, *tataito*.

El señor Peñas arrastró otra silleta, y poniéndola cerca, bien cerca de la señora de López, continuó:

—Siento no tener una tablita a la mano para ponerla entre los dos, porque tú has de responderme con la franqueza que siempre te he pedido, como a tu padre.

—Ya lo sé ¿y qué…?

—Que hiciste mal en quedarte aquí tantos días; verdad que también te lo aconsejé; pero yo no creía que él regresase a Rosalina dejándote sola.

—Ya usted ve cómo se ha cambiado mi suerte, padre, y tan mala índole la mía que todavía le amo.

—Respetarás la sociedad, tus vínculos, en fin, hija, porque amor de amor vive, y en faltando en un corazón muere en el otro —peroró el cura, sintiendo herida su fibra celosa por la franca declaración de Eulalia; y con la suavidad con que la víbora engulle la rana caída en el momento sicológico, fue acercando su mano a la mano de ella, hasta tomarla completamente entre las suyas, y la fue acariciando con ternura de niño.

—¿Por qué no retiro la mano que es de Antonio? —pensó la señora de López; pero una fuerza superior a toda reflexión, una especie de laxitud espiritual que dejaba sin acción la voluntad, la obligó a abandonar su diminuta diestra entre las manos suaves de quien sólo manejaba objetos delicados como los lienzos de lino.

—Es preciso que te diga, Eulalia, una vez por todas, que hace quince años que tú vives en el corazón, fija, sola, adorada a cada minuto, reverenciada a cada hora. ¡Compadéceme, no seas insensible! ¡Nuestro secreto será tan profundo como el de las tumbas! ¡Oh, Eulalia! mi carácter me hace intocable por la lengua y la maledicencia humana; y, en todo caso, sería… una debilidad…no un crimen, ¡no!

—¡El adulterio! —exclamó horrorizada sin poderse contener.

—¿Qué dices, hija? ¡no! ¡no! ¡no! yo no te llevaré al adulterio que, bien mirado, es un accidente sin importancia en la vida humana; porque en las sociedades que viven con escasos ideales y con el sentido moral en huelga, el adulterio no preocupa a los mismos que son víctimas de él. Lo que preocupa en todo caso es el escándalo —dijo el señor Peñas, midiendo maestramente la dosis de veneno que vertía sobre el cáliz de una existencia creada para el bien, porque su índole era buena.

—¡Jesús, qué horrores está usted hablando, por Dios, padre mío!… Imposible! —arguyó ella en uno de los sacudimientos que, como la carne próxima a morir, daba su organización afectada.

—¡Te haces la tonta! vamos Eulalia, ni te enseño el adulterio ni te lo pido. No, lo que te exijo es simplemente compasión para un afecto inmenso, inconmensurable… —dijo el cura con arrebato pasional; y prevaleciendo la materia en aquel momento, ebrio, ciego, nave sin timonel arrojada a la tempestad, tomó del brazo a Eulalia y sujetándola como con barras de fierro la atrajo hacia la derecha con ánimo resuelto; mas en esos momentos dieron golpes repetidos y menuditos en la puerta principal, dejándose oír la voz de Asunción que decía:

—Doña Eulalia, doña Eulalia, salga, que vienen.

Y el cura apenas tuvo tiempo para decir:

—¡Hija de mi corazón! Mi honor está en tus labios! –y cayó desvanecido en la cama que estaba a su derecha.

—¡Bueno, señora! Las horas no se miden ya en casa ajena, es tiempo de marchar –dijo don Antonio, al ver a Eulalia que salía a su encuentro, y Asunción repuso:

—¿Cómo se habían de ir sin tomar el *pollito de viernes* de la Manonga?

—Para todo nos daríamos tiempo, señora, si fuese más temprano; pero la tarde avanza, y los caballos esperan embridados –contestó el señor López, examinando con estrañeza el semblante de su mujer.

XXVIII

L as campanas del templo se desgañitaban, de risa probablemente; la banda de música del cojo Pinelo resonaba en los aires con los acordes del *Jamás mi pecho*, tonada compuesta sabe Dios por quién pero de todos comprendida, amada y aplaudida, hasta por su letra que es el juramento de amor más tierno; cientos de paquetes de cohetes chinos reventaban en el atrio del templo, casi formando una calle delineada por el humo, los papelitos rojos y la tronadera[171], cuando salió de la iglesia un grupo compacto y heterogéneo, presidido por un Coronel de pantalón grana, levita azul marino con presillas de finos hilados, sombrero de picos con pluma de General, y sable de caballería al cinto. Era el feliz Ildefonso, y a su lado, asida del brazo, iba una dama con faldellín de seda color tumbo[172], pañolón de vapor granate bordado de colores, peinado alto como una torre, sujeto con una peineta de carey de siete pulgadas, y flores de manos, un tanto descoloridas, en el remate. No era otra que Ziska, la afortunada esposa, que, de bracete con Foncito y llevando ya la bendición nupcial encima, no se cambiaba ni con la Sara Bernhardt[173] de los tiempos posteriores, después de morir en *La Dama de las Camelias*[174].

---

171 *Tronadera*: estruendo.
172 *Tumbo*: *Passiflora antioquiensis,* planta perenne con frutos amarillos elípticos.
173 *Sara Bernhardt*: (1845-1923) nacida Henriette Rosine Bernard, actriz francesa egresada del Conservatorio de arte escénico en París. Debutó a los 15 años con éxito inmediato. A los 22 años ya interpretaba obras especialmente escritas para ella cuando estuvo a punto de abandonar el teatro para casarse con el príncipe Henri de Ligne, padre de su hijo ilegítimo Maurice, pero la boda fue impedida por la familia del novio. Actuó en más de 120 obras, y su compañía llevó *La dama de las Camelias* de Alejandro Dumas a los escenarios de todo el mundo. Llegó a comprar el teatro de la ópera cómica de París. Actriz excepcional, llegó a representar el papel masculino de *Hamlet* a los 70 años. Mark Twain dijo que había cinco clases de actrices: "las buenas, las malas, las regulares, las grandes actrices y... Sarah Bernhardt". Oscar Wilde escribió *Salomé* para que ella la interpretara y Sigmund Freud, después de verla actuar quedó prendado y durante años mantuvo una fotografía de la actriz en su consultorio.
174 *La dama de las camelias:* obra de de Alejandro Dumas (h) (1824-1895) basada en la vida de Marie Duplessis (Alphonsine Plessis 1824-1847), famosa cortesana de la época. Existen versiones cinematográficas interpretadas por grandes actrices, como Sarah Bernhardt o Greta

En seguida iban varias parejas notables, siendo las primeras don Antonio López y doña Asunción, padrinos del matrimonio, don Valentín y Eulalia, el gobernador, Juez de Paz y maestro de escuela del lugar, y un séquito de ochenta o más personas, parientes y amigos de los novios.

En la puerta de la casa del señor López reventaron media docena de *camaretas*[175], como formidables cañones de un blindado marítimo, salva con que se recibía a la pareja nueva, y todos entraron en la casa, que, convertida en una especie de romería de Navidad, ostentaba en medio del patio un árbol cargado de rosquetes, cucharas, monedas, animales vivos y cuanto el afecto de los parientes y amigos colgó en sus ramas.

—¡Ajá! qué rico está el árbol de la boda, lo *qués* elegir buena mitad –dijo uno de los envidiosos.

—¡Pasen todos adentro y que vaya una comisión por el señor cura! –exclamó don Antonio.

—Cierto, padrino, aunque él ofreció venir luego que se desvistiera –dijo Ildefonso.

—Con todo, es de atención –insistió López entrando en la sala de recibo.

—A ver, Asunción, ¿qué tomará usted? –preguntó Eulalia.

—Lo que ustedes gusten, yo tomo todo.

—Para Valentín una copita de *puro* antes –interrumpió don Antonio.

—Sí, amigo, que estoy con el estómago respondón…

—Aquí viene nuestro cura –dijeron varios desde la puerta de la sala.

—¡Hurra a los novios! ¡hurraaa! –gritaron otros en coro.

—La banda que toque el ataque de *Uchumayo*[176] –pidió uno.

—Sí, el ataque, porque Foncito ataca –contestaron algunos.

—¡Chist! eso de *callao*, que ahí está el cura con su gobernador –observaron otros.

—Y la novia que no vio lo verá –dijo un mozón.

—¡Lisura, y miren quien habla! el que no tiene coteja –murmuró una vieja.

—Mi cura con usted, que por la Iglesia se entra al cielo –dijo uno brindando.

—Con todos, yo soy de todos –repuso el párroco, y en seguida alcanzó una copa a Eulalia diciendo:

—Creo que no me desairará esta copita la señora de la casa.

—Asunción y la novia que nos acompañen –respondió ella recibiendo la copa.

—Foncito, buena te la buscaste, zorro –decía uno abrazando al momentáneo Coronel.

—En la quebrada crecen las más gallardas flores, miren a la de *Sulluni*.

—Y que la conozca su padre si resucita –decían en aparte dos mozos se-

---

Garbo. La historia de la exitosa cortesana de buen corazón que sacrifica su felicidad por el bienestar de su amante pobre inspiró a Giuseppe Verdi para el libreto de su ópera *La Traviata*.

175 *Camareta*: especie de cañón pequeño de hierro utilizado para para ocasiones festivas.

176 *Ataque de Uchumayo*: marcha compuesta por el compositor peruano Manuel Olmedo Bañón (1785-1863). Conmemora la victoria peruana en Uchumayo (1836) sobre las fuerzas bolivianas.

ñalando a Ziska; y el copeo se hizo general, sin que nadie alegase razón alguna para excusarse de empinar el codo, tanto que, en un cuarto de hora, todos hablaban alto y porfiaban como unos ultramontanos.

—Vaya, hijita, que hoy haremos las paces –dijo el señor Peñas llegándose a Eulalia.

—Verdad, *tata*, que me molesté de veras.

—¿Pero me perdonas, me has perdonado?

—¿Por qué no? el perdón es del que lo solicita.

—Bueno: en prueba tomaremos un pisco grande.

—¿Y si me mareo?

—Estás en tu casa, y con irte a tu cama se acabó la historia.

—Bueno, venga el pisco.

—Señores, copa general por mis ahijados –dijo en esos momentos el señor López.

—Todos servidos, padrino.

—Pues, señores, este matrimonio que se celebra cobijado por el amor y el trabajo, sea feliz y bendiga el cielo esta unión dándole la prole que merece, ¡un hijo cada año! –brindó el padrino.

—¡Bravooo! –gritaron todos, chocáronse vasos y copas, y Ziska dijo a su novio:

—*Mirá* Coronel buen mozo, *llevá* esta copita a la madrina.

—Con permiso o sin él voy un rato por adentro –dijo Eulalia dirigiéndose a Asunción.

—Vamos juntas, doña Eulalia, que si usted desea descansar yo también clamo por aire fresco, y esto es menudear mucho la copa –contestó la señora de Cienfuegos, y ambas se dirigieron al dormitorio.

—¿Qué hace esa banda? a ver *La palomita* –pidió uno.

—Para eso se les paga a éstos –dijo doña Mónica muda hasta entonces.

Y el párroco, paseando la mirada con la pericia del militar que toma posiciones, se levantó disimuladamente y se introdujo al interior.

—¡No, *padrinoy*!

—¡Señor Valentín!

—Beba el padrino primero; ¿y si tiene veneno? –decían éstas y las otras empeñadas en comprometer a López y Cienfuegos.

Para la excursión del cura no hubo valla, y llegando donde estaban las dos señoras, las dijo:

—Las pesqué, las pesqué como a dos palomitas. ¡Cómo descuidar yo a mis hijas!

Y ambas sorprendidas dijeron a una voz:

—¡*Tata*!

—No se asusten, que no soy león. A ver, Asunta, no está propio que las dos se vengan dejando la sala con gente. Desempeña a tu hermana mientras descansa.

—Cierto que ni me había *fijao* —dijo doña Asunción saliendo inmediatamente; y cuando el señor Peñas quedó solo delante de Eulalia se lanzó sobre ella sin preámbulo, y la estrechó entre sus brazos repitiendo fuera de sí:

—¡Mujer, mujer! te pertenezco.

—Deténgase o grito.

—¿Tú amas a Antonio?

—Con toda mi alma.

—Pues si no cedes, aquí está su perdición —dijo el cura presentándole el pliego signado con el número tres de lápiz rojo.

Eulalia lo leyó temblando, y estaba próxima a desmayarse cuando don Isidoro le arrebató el papel y después, con la fuerza del milano que coje a la paloma, la sujetó en sus brazos y con sus labios candentes como el ascua, envolvió los purpurinos labios de la mártir en un beso que no tuvo fin, llevándosela hacia el canapé rojo. Pero ella sintió acudir en su auxilio una fuerza misteriosa como la impulsión de la índole de la persona nacida para el bien, y trocadas sus emociones en ira dio una sacudida titánica y arrojó al cura lejos de sí, cayendo él de lleno sobre el canapé y rodando por el suelo su negro solideo; en momentos en que la figura simpática y noble de don Antonio López aparecía en el umbral de la alcoba, donde llegaban las voces de afuera que decían:

—¡Viva, viva el novio que *no vio*!

Y el señor López distinguió al través de una gasa negra la imagen marmórea de Eulalia junto a la mal traída sotana del cura Peñas, donde esos labios de mujer, rojos como los guindos de Urubamba, eran una gota de sangre indeleble.

El cura formó ante los ojos del infortunado señor López el oscuro del claro color de cielo que en su corazón dibujó la tímida niña que en la noche de su desposorio, estrechó él entre sus brazos con la pureza con que el rayo de luna circunda la corola de una rosa; noche inmemorial en que ambos se dijeron en la suprema exaltación del amor:

"¡Eternamente solos! ¡Nadie entre los dos!"

Segunda parte

I

La alcoba estaba decorada con el primitivo gusto de los días felices del matrimonio de López, cuando entre ellos no se alzaba aún la fatídica figura del confesor solicitante, tipo del mal sacerdote que abraza la carrera por cálculo, sin haber sido llamado por aquellas excitaciones del espíritu que llevan al hombre ya sea al tabernáculo de las artes, ya a los altares de lo divino.

Un enorme jarrón de *amancaes*[177] perfumaba la pieza y sobre el mármol del lavabo yacían esparcidas algunas horquillas de alambre negro y peinecillos de carey de dos dientes y un pomo de vinagre Bully[178] destapado, que mezclaba su olor fuerte a la suave fragancia de los *amancaes*.

La luna azogada del enorme ropero de roble charolado[179] reproducía, clara y silenciosa, la imagen de los personajes que, en medio de la gravedad de la situación, mal podían fijarse en la risible figura del señor Peñas, ni en el solideo tirado por el suelo y reproducido también por el espejo.

Don Antonio quedó como petrificado por algunos segundos, procurando darse cuenta de lo que pasaba ante sus ojos.

El cura Peñas se arrojó a los pies de don Antonio y puesto de rodillas le dijo:

—Detenga su juicio, hermano… ella está sin mancha; perdone… calle… calle y perdone…

—¡Miserable! esa es la actitud del mal sacerdote, esa es la misión de reptil que se arrastra humilde hasta verter el veneno en el cáliz de la dicha ajena –repuso el señor López, despertado del estupor, asiendo del cuello al cura Peñas con propósito de destrozarlo.

—No provoque un escándalo –arguyó lacónicamente el cura, poniéndose

---

177 *Amancaes*: *Ismene amancaes*, lirios amarillos.
178 *Vinagre Bully*: vinagre aromático utilizado medicinalmente.
179 *Charolado*: lustrado brillante.

de pie, logrando deshacerse de la mano de su rival y en actitud de defensa.

—Antonio, por Dios, Antonio, acepta por lo menos una explicación –repuso Eulalia, empalmando las manos con los ojos preñados de lágrimas al través de las que todo lo veía turbio.

—Señora, todo ha concluido entre usted y yo –respondió el señor López lanzando una mirada de desprecio a su mujer.

—¡Sí, será como quieras; pero, escucha por Dios!

—El ridículo caerá sobre usted solo, don Antonio. ¿Quién le creerá en la sociedad lo que usted cuente de mí? Mi condición, mi estado me escudan y… la sociedad es mía… Por otra parte, yo puedo perderlo para siempre; yo estoy al corriente de los secretos de… don Valentín –dijo el cura aceptando la situación resueltamente.

Una oleada de sangre pasó por el rostro de don Antonio López, quedando en seguida pálido y sin acción.

—Vea que la reconciliación es una necesidad, señor López –continuó el cura, seguro de llevar ventaja en las armas de defensa y de ataque.

—El escándalo sería peor que la muerte, Antonio; quítame la vida que te pertenece, pero…

—El honor valía más que la vida, señora –interrumpió don Antonio, a lo que don Isidoro dijo:

—Sí, y es del honor de usted del que se trata. Esa señora está sin mancha, se lo juro, y usted quiere mancharla señalándola ante una sociedad que condena el adulterio en la mujer y no se fija en el del hombre.

—Antonio, por Dios, yo te contaré todo. He sido confiada, pero no culpable; no habría cedido por nada del mundo, tú conoces mi índole –dijo Eulalia acercándose humildemente a don Antonio.

—Necesito saber por qué vino este hombre hasta este lugar.

—Lo sabrá usted –repuso balbuciente el clérigo.– Cuando vine, la señora estaba acompañada por doña Asunción que se retiró a poco; y al verla sola, un acto impulsivo impremeditado, una oleada de hombre, un impulso bestial, me hizo aproximarme a la mujer que más respeto en la vida.

Y se inclinó para recoger del piso el solideo.

—Doña Eulalita, *tataito* –dijo Asunción llegando y, sorprendida al encontrarse con don Antonio, agregó: –Señor López, vamos por allá que todos echan de menos a ustedes.

—No parece sino que todos se han echado a roncar por acá –dijo don Valentín entrando, seguido del gobernador y de Ildefonso con su uniforme de Coronel.

Don Antonio, demudado y tembloroso como el león que deja escapar la presa, se dijo mentalmente:

—Evitaré el escándalo, pero la venganza es mía –y levantando la voz agregó:

—Vamos, y que esos novios no sufran por nuestra ausencia.

—Padrino, quieren bailar una *mozamalita* –dijo el novio.

Y salieron todos pasando a la sala donde el señor López tomó el sombrero del cura y, alcanzándoselo, dijo en voz baja:

—Iré a su casa a verlo.

El cura Peñas salió sin despedirse; pero uno de los de la reunión que lo vio cerca de la puerta de la calle, corrió a detenerlo.

—No se vaya, señor, que no tardan en servir la merienda, no se vaya…

—Sería cargo de conciencia, hijo, tengo que hacer dos bautismos, volveré más tarde –contestó él, apurando el paso mientras que en la sala arreciaba el baile y jaleo, y uno de los parientes de Ziska, sin hacer mérito de la música, cantaba:

Ya salieron a bailar
la rosa con el clavel
a deshojarse la rosa.
y el clavel a recoger.

II

En el patio de la casa, junto al árbol de la boda, estaba preparada una gran mesa, angosta como un banco, pues en la cabecera difícilmente cabían los dos asientos juntos para los novios que se sentarían, según la costumbre, con sus padrinos al lado.

Las fuentes de la merienda iban llegando en abundancia tal, que bastaban para una división de ejército.

Doña Mónica y Manonga dirigían la maniobra gritando a los indios servidores:

—Por acá esa fuente de *cuyes*.[180]

—A la cabecera hay que poner las gallinas al horno y los patos rellenos.

—Sí, que por allí estará el *tata* Fernando.

—Cabales, los de abajo cualquier cosa comerán. A ver esas papas de *huatia* y los choclos *sancochaos*[181].

—Mira, Marcelino, *sacá* el corcho y *poné* el clavel en las botellas.

—¡Jesús! Por lo mismo que una pone *cuidao*.

—Sí, pues, que van a faltar frascos para el vino. Bien me decía mi comadre doña Simona.

—Pero esa banda ¿por qué no toca? Así en silencio se aburrirán de esperar.

—Mejor avisaremos de una vez –observó Marcelino.

—Sí, bien dices; *ínter* toman el *abreganas* a la buena de los novios hay tiempo para servir el ají de huevos[182].

—¡Qué lástima de mi señor cura! ¡cómo lo han dejado ir!

—Le apartaremos un platito; él regresará –aseguró Manonga.

Notificados los de la sala salieron con sus parejas: don Antonio dio el

---

180 *Cuyes*: *Cavia porcellus*, el cuy es un mamífero roedor originario de la zona andina del Perú, Ecuador, Colombia y Bolivia. Constituye un producto alimenticio nativo.

181 *Sancochaos*: (vulg.) sancochados, hervidos con poca sal.

182 *Ají de huevos*: plato típco de la cocina peruana, en base a huevos duros, queso y cebollas.

brazo a Asunción, don Valentín tomó a Eulalia, Foncito a Ziska, y los demás escogieron pareja a su gusto.

Don Antonio estaba muy demudado y triste. En vano se esforzaba por disimular que llevaba la muerte en el corazón. La idea del suicidio brotó nuevamente en su cerebro enfermo y casi no dirigía la mirada a Eulalia que, también con el corazón saturado de amargura y las lágrimas anudando su garganta, parecía una muerta vestida de gala.

Don Antonio López deseaba y temía a la vez explicarse con su mujer. Ansiaba que aquella reunión terminase temprano, y luego se empeñaba en prolongarla. Consultaba su corazón para medir el odio que sentía por la mujer pérfida y desleal, y luego débil como un niño sentía crecer las pulsaciones que da el amor, y las últimas palabras de Eulalia, cuando dijo "yo te contaré todo", zumbaban en su oído como delirio producido por la fiebre.

Eulalia, por fin, bebió de golpe medio vaso de vino con agua, y pareció quedar tranquila y confiada.

Se había reconcentrado un momento levantando su espíritu a Dios, y pensando que El dijo que no había culpa sin perdón.

Mientras tanto, alrededor de esos dos corazones desgarrados por la mano que debía llevar sólo bálsamos y consuelos a los hogares, todo era bullicio, alegría y placer.

Las risas del festín sacudían el organismo adolorido como el estridente golpe del yunque junto al lecho del neurálgico.

—¡Qué tal mi cura! se fue sin decir allí queda la *puchuela*[183] —dijo el gobernador, y aquellas palabras cayeron como plomo candente sobre el corazón de Antonio, y produjeron un frío temblor en la señora López.

—Es preciso multarlo cuando vuelva, él sacará el zorrito[184] del *cuye* —contestó otro.

—Antonio, te noto muy disgustado ¿qué te pasa? —preguntó don Valentín a media voz.

—Siento jaqueca, sí, tengo malestar, ya pasará —repuso éste fríamente mordiéndose los bigotes.

—¡Jesús! ¡qué pálida se ha puesto *usté*, doña Eulalita! ¿Le ha dado el viento? —dijo Asunción levantándose de su asiento, acercándose a su amiga, y poniéndole la mano en el hombro, añadió en baja voz:

—Se ha *retirao* el *tatito*, algo ha habido. ¡Jesús! si cuando encontré a don Antonio adentro ni sé qué corazonada me dio, porque estos masones son capaces de juzgar mal de un sacerdote.

—No hablemos de esto aquí, doña Asunción. Más tarde diré a usted lo que hay —repuso enfadada Eulalia, casi aturdida por el sonido del bembo[185] y los platillos de la banda que sonaban muy cerca.

Momentos después, la medida estaba colmada. El corazón de Eulalia, repleto de lágrimas, se desbordó en corriente incontenible, cruzó los brazos

---

183 *Puchuela*: fruto de la unión de europeo y ochavona (octava parte —nieta— de india) "allí queda la *puchuela*", expresión que significa "sin despedirse".

184 *Zorrito*: (loc.) ají picante puesto entero en un guiso.

185 *Bembo*: labios gruesos, probablemente se refiera a un instrumento de viento.

sobre la mesa, inclinó la cabeza y los sollozos comenzaron a salir a borbotones, casi ahogándola.

—¡*Atios*! tu madrina ha *tomao* sus copitas –dijo doña Mónica a Ildefonso.

Y don Antonio, que estaba un tanto sereno, se levantó de su asiento, se llegó donde Eulalia y la dijo a media voz:

—Señora, está usted indispuesta, déme el brazo para llevarla a su habitación.

Ella no esperaba aquel acto de generosidad de parte de López. Levantó la cabeza, y fijando en él sus ojos anegados en lágrimas, expresó su gratitud en una de aquellas miradas que trasparentan el alma y estrechan el corazón, pues sentía anudársele la palabra en la garganta.

Tomó el brazo que le ofreció don Antonio.

Muda como la estatua del dolor su rostro decía a gritos la pena infinita, su brazo temblaba al contacto del brazo del que, acaso en breves momentos, iba a ser su juez inexorable.

No se dijeron ni una palabra en el trayecto.

Cuando llegaron a la alcoba, él, soltándola, dijo con aspereza:

—No llevéis las cosas al escándalo y al ridículo. Descansad en ese lecho que habéis deshonrado.

Ella entonces, recobrando la entereza de la dignidad que reacciona, lo tomó del brazo con ambas manos, y le dijo:

—Antonio, ese hombre que en su carácter debía volar por la virtud es un infame, sí, lo sé, lo rechazaba, lo arrojé sobre el canapé como a un muñeco cuando tú llegaste a acabar de salvarme, y en su merecida caída rodó al suelo hasta el solideo de su cabeza.

Este detalle fue el más importante. López recordaba haber visto el solideo, al cura levantarse del canapé, y a Eulalia frente a frente. Antonio balbuceó:

—Te perdonaría si hablases la verdad.

—Te lo juro por ti, por Dios, por lo más santo que tengo, por ti, por tu amor, por ti –repetía frenética Eulalia, soltando el brazo de Antonio y empalmando las manos en ademán de súplica. Poco le faltaba para caer de rodillas. Su cuerpo la venció por fin, escondió el rostro entre las manos y cayó sobre el pecho del señor López que comenzaba a sentir compasión. Era tal la sinceridad de la expresión en Eulalia que él se iba convenciendo de que llegaría a saber la verdad.

—Si fuese culpable te lo confesaría, Antonio, segura de tu perdón. Sé que me amas todavía, porque te amo yo y mido tu corazón por el mío…

—Tranquilízate, descansa –dijo por fin el señor López invitándola a sentarse en el canapé, y allí escuchó la confesión minuciosa de Eulalia que no olvidó ni el más pequeño detalle desde la mañana en que el cura don Isidoro Peñas entró en su casa cuando ella regaba los tiestos de violetas.

—¿De modo que el guante lo tiene él?

—Sí, Antonio, ni he pensado más en él desde aquel día.

—¿Y el maldito pliego?

—Esa fue su gran amenaza, sí, yo lo he visto, lo he repasado, y me lo arrebató en momentos de romperlo.

—Quedo satisfecho de tus palabras. A costas de tan amarga lección, te persuadirás que los que van al sacerdocio sin las virtudes de la vocación y la educación necesaria, son los mercaderes del templo a quienes arrojó nuestro Señor con el látigo infamante; estos malos curas siembran en el confesonario la cizaña de la familia y la deshonra del hogar. ¡Ah!...¡cuántos maridos!...¡Eulalia!...¡cuántos padres!... ¡cuántas mujeres en quienes no prevalece la índole! –repetía el señor López formulando a medias sus terribles pensamientos, y poniéndose de pie, nervioso y agitado.

—Antonio mío, te juro que no olvidaré jamás esta lección –prometió Eulalia, pálida como la flor del almendro, mientras que de afuera llegaba una oleada de murmullos y risotadas anunciando que el mundo, divirtiéndose, no piensa en los corazones que sufren.

—Mañana quedará todo arreglado, tranquilízate y calla –ordenó don Antonio saliendo transformado de aquel mismo lugar de donde, en la mañana, salió como un idiota arrastrado por la gente que llegó. Ahora iba por sí solo en busca de los que reían. Era preciso beber y reír también.

III

E l cura Peñas llegó a su casa en unos cuantos trancos, dio un puntapié al gato que, con el lomo arqueado y la cola rectamente suspendida, salió a recibirlo; arrojó sobre la mesa su sombrero y fue a caer en una butaca de cuero, con las piernas extendidas, la cabeza reclinada en el espaldar de la butaca, y las manos puestas sobre los muslos. Cerró los ojos, como quien se reconcentra, y permaneció en aquella actitud por algunos momentos.

El aspecto sombrío de la habitación correspondía perfectamente a los pensamientos que cruzaban por el cerebro del señor Peñas como culebras hambrientas, ganosas de devorarse entre ellas.

Las paredes de barro bruñido tenían por todo adorno un lienzo de la Concepción, copia de Murillo, con marco de madera dorada y una repisa al pie sobre la que estaba colocado un tiesto de flores ya marchitas.

Una pequeña ventana, o más propiamente clasificada claraboya abierta en la pared, a bastante altura del suelo, daba escasísima luz, y ésta interceptada por un trapo rosado clavado por la parte interior.

Los muebles respondían también al aspecto de la casa dando unidad al cuadro; pues, fuera de una mesa de pino mal tallada por un aprendiz de carpintero de ciudad que fue a instalar taller en el pueblo, tres butacas de cuero, un escaño de fecha inmemorial, y la cama colocada en una cuja[186] de barrotes negros, sólo podríamos mencionar un baúl grande forrado en hoja de lata, de chapa fuerte y pintado de colores, ostendando en la tapa el escudo nacional.

Sobre una de las tres butacas estaba colocada una labor de mano, un *crochet* de lana con *crocheros* de marfil; y sobre la mesa de pino, cubierta con bayeta verde, un barro del país imitando las jarras de Guadalajara.

—Si al menos hubiese llegado al final…me reiría de él…ahora ella se

---

186   *Cuja*: catre antiguo de madera.

reirá de mí –dijo el cura como fatigado de una lucha interna, y recogió las piernas y abrió los ojos que fueron a fijarse en el *crochet* de la butaca, y como variando de tema agregó:

—¡Hola! ¿Josefa estuvo aquí? ¡Pobre Josefa! ¡Cómo se resigna la infeliz a todo! Parece una perra por lo fiel, obediente y callada. ¡Pero sus brazos no son los de Eulalia! Este papel me salvaría en cualquier momento; pero acaso sea un compromiso trascendental para Asunción; y yo no debo perder la amistad de Asunción, ni la de Valentín, ni la de nadie ¡qué diantres!

Púsose en pie, guardó ambas manos en los bolsillos de la sotana y comenzó a dar paseos por el cuarto, mascullando frases que ya le encandilaban los ojos, ya le hacían sonreír con la sonrisa de Maquiavelo cuando lograba convencer al príncipe.

Y, como si los ángeles del arrepentimiento, que a toda hora pululan cerca del pecador extendiéndole los brazos y llamándolo al bien, hubiesen sacudido sus blancas alas para refrescar, cual abanicos celestiales, la calenturienta frente del sacerdote, inspirándole recuerdos y ejemplos felices; en la imaginación del señor Peñas apareció real, viviente, la escena de su consagración, cuando los bronces sagrados se echaron a vuelo cantando gloria, y sus manos fueron ungidas con el crisma[187] de la orden, y cuando sobre su cuerpo cayeron las rosas de la campiña deshojadas por los creyentes, y una lluvia de *Bergamota*, de *Magnolia* y de *Agua de la Banda* mojó la vestidura sacerdotal de la primera misa.

¡Quién había de decirle entonces que flores y perfumes, símbolo de la virtud y de la santidad del verdadero sacerdote, evaporándose poco a poco con el terrible ventarrón de la carne, se trocarían ora[188] en gotas de veneno, ora en sierpes ponzoñosas para el hogar, excitadas en su apetito por aquella comunicación íntima, sin velo, sin reserva, del confesonario, donde la mujer iba a desnudarse moralmente todos los días!

Acaso el mismo señor Peñas no fue responsible al iniciarse en la lid desigual para la mujer, con todas las ventajas de parte de quien dispone del sigilo y del supremo poder sobre la conciencia.

¿No eran los padres de familia, los mismos esposos, los que le entregaban hijas y consortes y con ellas honor y dicha?

¿Qué haría el hombre sin una preparación sobrenatural que sirviese del antídoto invocado por el rey del Ponto?[189] ¿Qué hace el tigre sanguinario, agazapado en la cueva que le sirve de madriguera, cuando asoma a sus puertas el corderillo indefenso? ¿Qué puede hacer el hombre de la forzada continencia, cuando cae la paloma sin alas, falta de razón, con grilletes en la voluntad?

¡Devorarla!

La lógica de los hechos está en armonía con las leyes de la naturaleza que, en vano se empeñará el hombre en cambiarlas, porque son leyes escritas por

---

187 *Crisma*: óleo de consagración.

188 *Ora*: adv. ya, sirve para distinguir cláusulas alternativas, ora esto, ora lo otro...

189 *Rey del Ponto*: se refiere a *Mitridate*, ópera de W. A. Mozart (1756-1791) basada en la tragedia de Jean Racine (1639-1699). En el drama Mitridate entrega una copa de veneno a su mujer Aspasia al creerla infiel.

Dios en la gran página extendida por su mano con el nombre de universo.

El cura don Isidoro Peñas optó por una solución.

—Hablaré con Asunta. Las mujeres son astutas, ella sabrá arreglarse, y ella me salvará –se dijo resueltamente y dio voces a Pedrito.

Después escribió con lápiz unas cuantas líneas en un papel, y cuando llegó el sacristán le dijo:

—Vas volando a la casa del señor López; allí está la señora Asuntita, la de "Palomares" ¿eh?

—Sí, *curay*.

—La entregas este papel con reserva, a ella, en mano propia, esperas lo que te diga y vuelves.

—Sí, *curay* –repuso el indio saliendo a cumplir el mandato.

Cuando llegó a la casa, la reunión estaba próxima a terminar pues doña Mónica y Manonga se ocupaban en recoger los restos en grandes canastas de mimbre.

IV

El señor López estaba bajo la impresión que resuelve los grandes problemas del hombre y es, como el despertar de la pesadilla, después de días terribles en que se ha luchado empleando todas las fuerzas del organismo animal y todos los recursos que brinda el poder espiritual.

Verdad que, en la vorágine de la vida, pocos son los que se ven reducidos a prueba tan dura; pero ninguno es abandonado de la Providencia, de ese Ser infinitamente grande e incomprensible que allá en su trono formado de mundos, verá al hombre más pequeño que el grano de arena, pero a ese grano le infunde fortaleza y le da esperanzas.

El golpe dado por la mano del cura Peñas en lo íntimo de su hogar, fue para don Antonio como el sacudimiento de la pila de Volta que despertó en él espíritu y materia, devolviendo ambos a la actividad de la existencia.

Y mientras Ildefonso y los suyos se afanaban por cubrir de flores el lecho del amor donde reclinarían su casta frente los novios de la campiña, él, don Antonio, luchaba por apartar las espinas que en su camino colocó el director de Eulalia.

La urna de cristal, urna transparente del amor de esposos, rota por el cura, iría a soldarse por la confianza de un hombre en la índole de la mujer; pero, desgraciado, quedaba una señal en el corazón del señor López con el nombre fatal de duda.

En aquellos días el país estaba revuelto por una de tantas luchas civiles en que dos caudillos se disputan el poder, y los pueblos echan a la hornilla de las ambiciones personales, hombres, dinero y creencias; pues, de tales revueltas políticas surgen también las entidades eclesiásticas con prebendas de canonicatos y mitras. El partido del General Castilla[190] se mostraba preponderante, y don Antonio sintió cruzar por su mente, como una ráfaga de fuego, la idea de abandonarlo todo, sin explicación para nadie, ceñirse la mochila, echar el rifle al brazo e ir a buscar la muerte en los campos de batalla.

Pero aquel pensamiento fue sólo una ráfaga.

Pronto vino la lucidez precursora de la razón, y la calma no tardó en llegar.

El señor López se fue al hueco de una ventana del salón y desde ahí llamó a Cienfuegos para decirle:

—Es preciso entendernos una vez por todas, Valentín; el negocio en cuyos preliminares estamos no es posible llevarlo adelante.

—¿Te has vuelto loco, Antonio?

—Dentro de ocho días tendrás tu dinero y no habrá poder humano que me detenga aquí; yo me voy, pobre, mendigo tal vez, pero acabo de comprender lo que vale la honra y por la honra lo sacrifico todo.

—Te digo, francamente, que no te entiendo.

—Tanto peor para ti; porque sin entenderlo tendrás que recibir los veinte mil soles que me diste y devolverme el documento.

—¡Ni uno ni otro. Creo que te has excedido en las copas, vamos!

—¡Oh! ¡qué necedad! Mañana oirás lo mismo, y, por ahora, basta.

—¡Pero si no sé ni de lo que se trata! Este es un martillazo a pared lisa, sin clavo que se tenga.

—Está dicho, Valentín. Mañana no consiento trabajo alguno; y si persistes, seré yo quien traiga a la autoridad. Las intenciones no puede juzgarlas sino Dios. El hombre ha dictado leyes para penar los hechos consumados.

—¡Pues te declaro que estoy en babia!

—Señor padrino, los novios quieren ir a descansar, y necesitan su bendición –dijo doña Mónica acercándose en momentos en que se oía el toque de una corneta de ejército.

—¿Qué novedad ocurre, soldados? –preguntó Valentín sorprendido.

---

190   *General Castilla*: Ramón (1797-1867). Inicialmente parte del ejército español, luchó contra las fuerzas independentistas del general argentino José de San Martín. Hecho prisionero en 1817 escapó a Perú, y en 1822 abandonó el ejército español para prestar sus servicios al general San Martín. En 1824, ingresó en el ejército de Simón Bolívar, a cuyas órdenes participó en la batalla de Ayacucho, por la que Perú consiguió la independencia. En 1825 fue nombrado gobernador de la provincia de Tarapacá, cargo donde desempeño una política conservadora apoyada por la élite criolla y opuesta a los criterios de Bolívar. Entre 1839 y 1839 fue Ministro del tesoro del presidente Agustín Gamarra e inició las exportaciones de guano. Entre 1845 y 1851 fue presidente de la República, multiplicando las exportaciones de guano gracias a convenios con la firma británica Anthony Gibbs y la francesa Montané, y realizando obras públicas (primera línea de ferrocarril entre Lima y Callao en 1851), al tiempo que introducía importantes reformas económicas y financieras. En 1851 traspasó la presidencia al general José Rufino Echenique, a quien el propio Castilla había elegido como sucesor, pero acabaron enfrentándose militarmente (1854-1855). Castilla, que se había aliado con los liberales, los cuales le obligaron a suprimir la esclavitud y el tributo indígena, acabó recuperando el poder en el año 1855. Durante su segundo mandato, que se prolongó hasta 1862, declaró la guerra a Ecuador (1859), en la que Perú consiguió la victoria, y promulgó una nueva Constitución (1860). La novela *Índole* transcurre a principios de 1858; al final se celebra la ocupación de Arequipa por el ejército del Mariscal Castilla, que ocurrió en marzo de ese año cuando, luego de ocho meses de asedio, conquista la ciudad y pone fin a la revolución conservadora del General Vivanco.

—Es el batallón *Charansimi* que llega. A ver, señor Gobernador –dijo uno de los convidados.

Y al toque de aquella corneta de guerra, todos los músicos de la banda de Pinelo desaparecieron como las perdices en el peñascal. El terror de los campesinos es la leva y el oficio de músicos les ofrecía doble peligro.

Eulalia se paseaba, aparentemente tranquila, por el salón del festín convertido para la triste en ese mar insondable de dolores que se llama amargura y doña Asunción, después de leer a hurtadillas el papelito del señor Peñas, se puso en camino a la casa cural.

En aquellos mismos momentos se presentaba en la sala el Comandante Campoverde, segundo jefe del *Charansimi*, quien con su franqueza de cuartel, dijo:

—Señores: más vale llegar a tiempo que ser convidado.

—Señor Comandante, la casa es muy suya.

—A ver un copón para el señor Comandante.

—Yo preferiría un *bebe* de aquéllos que secan la sed.

—Todo por su turno, mi Comandante.

—¿Y está por acá el señor Gobernador?

—Servidor de usted.

—Pues en su busca vengo. Necesitamos cuartel, rancho para trescientas veinte plazas, y forraje para ochenta animales –enumeró el Comandante.

—*Catay*, estos son los gajes de la *gobernatura*, señores –respondió aquel alcanzando una copa servida a Campoverde.

—Pero eso será en tiempo de guerra, mi amigo.

—Cuartel no hay.

—No puede ser; la gente no es de confianza; viene forzadita, y pernoctar en la plaza sería darles puerta franca y …¡salud! –dijo apurando la copa.

—No hay más recurso que la iglesia, mi Comandante; pero el cura también es embromadito como un demontre.

—Pues, a buenas o a malas, tendrá que dar la iglesia.

—Bueno, mi Comandante. Yo iré con su señoría donde el cura y ¿si no cede?

—Lo arrestamos en el camarín ¿qué más se querrá el santo varón?

Todos rieron del chiste, y apuraron una copa general, saliendo gobernador y comandante con dirección a la casa parroquial, donde a la sazón se cruzaba este diálogo:

—¡Qué *pechuga* la mía, hijita! pero tú, que tienes caridad, me perdonarás.

—*Taitito*, si estoy a su mandar.

—¿Recuerdas lo de enantes[191] cuando me quedé un momentito en el cuarto de tu hermana Eulalia?

—Sí, *taitito*; y ya después que regresé, me dio ni sé que susto de encontrarme con su marido.

191 *Enantes*: (vulg.) antes.

—Tienes corazón de santa, pues has adivinado, hija. Don Antonio no sé qué ha pensado de mí; yo no digo que no soy de carne y hueso, uno es frágil; pero tú sabes que para ella mi cariño de padre…

—¡Ay señor, *taitito*; si ya ahora para estos hombres licenciosos no hay santidad! ¡Jesús! como que juzgan a todos por lo que ellos son –dijo la mujer de Cienfuegos haciendo aspavientos[192] de mojigata[193].

—Yo te he molestado por un asunto de conciencia, hija; tengo que hacer una restitución en nombre de un pecador a tu marido. Se trata de unos papeles que, bajo santa obediencia, te mando colocar en el segundo cajoncito de la derecha del escritorio, sin imponerte de ellos. ¡Mucho sigilo!

—Con todo gusto, señor.

—¡Cuidado con quebrantar el mandato! Acuérdate de la mujer de Lot en la Santa Escritura.

—¡Jesús! ni por pienso, mi *taitito*.

El cura dio el pliego a Asunción: ella lo tomó y guardó en el seno con el mayor cuidado.

—También te advierto que con Eulalia no te des ni por entendida de nada, que no sepa tu venida, y anda –concluyó despidiéndola.

Ella besó reverente la mano del señor Peñas y salió precipitada.

El gobernador decía en el trayecto al Comandante Campoverde:

—Según van las cosas, tomaremos a los mistianos[194].

—Ni lo dude usted, mi gobernador; soy hombre de pelo en pecho, yo no me engaño y el triunfo lo llevo en el bolsillo.

—¡Qué gusto me da usted, mi Comandante! Aquí donde usted me ve soy más castillista que el mismo Cachabotas, y para el día de la entrada a Arequipa me amarro una mona[195].

—¿Esta es la casa cural?

—Cabalmente, sí.

—¿El curita estará en casa?

—Aquí debe estar, porque creo que se retiró de la reunión por atender a sus rezos.

—Hola, pues tienen ustedes buen cura. Yo en mis correrías de militar conozco curita que ha estado con nosotros en una de cajón rajado, chupa que chupa, y de ahí se ha ido a celebrar.

—No le dejaré mentir, mi Comandante. Nosotros tuvimos también uno de la laya; pero ya el pobre descansa en paz.

—Santas tardes, caballeros –dijo el señor Peñas, desde la puerta de su habitación al ver entrar a sus huéspedes.

—Que usted las tenga mejores, mi cura.

—Tengo el gusto de hablar…

—Con el Comandante Campoverde, segundo jefe del *Charansimi*.

—Señor mío, su capellán Isidoro Peñas.

192 *Aspavientos*: demostración excesiva de algún sentimiento.
193 *Mojigata*: exageradamente beata y escrupulosa.
194 *Mistiano*: natural de Arequipa, ciudad situada al pié del volcán *Misti*.
195 *Amarrar una mona*: emborracharse.

Al hacer este conocimiento el señor Peñas tuvo una idea lúcida, salvadora de su situación.

—Quieren la iglesia, mi cura, para alojar la tropa.

—Partido de Castilla, de mi don Ramón, de ese valeroso soldado que jamás ha atentado contra los intereses de su madre la Iglesia. Yo daré la iglesia, pero con una condición.

—Hable, mi cura.

—Pero ustedes tomen asiento… por acá, mi comandante… por acá, mi gobernador.

—Decía el señor cura una condición…

—Sí, una sola; que no entren mujeres; eso sí que no consiento.

—Es usted algo enemigo de las mujeres, mi cura.

—Enemigo no, que son prójimos; pero de lejos, de lejos, señor comandante –dijo frotándose las manos.

—Todo se procurará allanar, señor cura, y le doy las gracias en nombre de mi jefe. Su nombre no será olvidado en la lista de los buenos servidores de la Patria.

Los dos personajes dieron la mano al señor Peñas, se inclinaron y salieron.

En el seno de Asunción, vuelta ya a la casa de López, quemaba como una ascua el pliego número 3 signado con lápiz rojo, que ella no se atrevió a desdoblar, a pesar de que la tentación de la curiosidad la hirió ligeramente; pero ella por nada de esta vida habría quebrantado el supremo mandato del señor Peñas.

V

Ziska quedó convertida en un busto semejante a la pintura que hacen del Sol cuando lo representan por una cara con rayos en torno. Los rayos estaban formados con cintas de listón de todos los colores imaginables, y juntadas en pequeños manojos de seis y ocho tiras, cuyo remate pendía de una lazada; y cada una de las personas caracterizadas de la parentela femenina de la novia llevaba ese manojo en ademán de arrastrar a la heroína.

Los varones habían desnudado el árbol de la boda, cargando al hombro los utensilios de casa y cuanto de él pendía.

Siguiendo la costumbre establecida, debía llevarse a la novia hasta su habitación, y dejarla instalada con los enseres de casa obsequiados por los parientes y amigos bajo el gracioso nombre de *aiñi*.

Como la banda de música tomó las de villadiego[196] a la llegada del *Charansimi*, fue preciso que don Antonio y don Valentín hablasen con los jefes sacando una garantía para las personas y, con ésta, se logró reunir nuevamente a los músicos para la salida solemne de aquella pareja feliz que, en breves momentos, podría repetir lo que el gallardo lirio de la selva dice a la fraganciosa *margarita*... ¡estamos solos, mi amor!

El crepúsculo de la tarde comenzaba a dibujarse dando a la naturaleza la tenue luz que, en medio del campo, con su brisa cargada de olores, convida al placer tranquilo del hogar. Por eso en el crepúsculo de la tarde se recoge el ruiseñor al nido, se detiene en la puerta, sacuda las ligeras alitas y canta la despedida llena de esperanzas; pues él sabe que vendrá la mañana, y que su saludo matinal es también el himno de alabanza que mezcla al concierto universal para bendecir a Dios.

Salió la numerosa comitiva de la casa del señor López con Ziska llevada

---

196 *Tomar las de villadiego*: expresión española que significa huir precipitadamente.

por cintas; Ildefonso grave, con su vetusto uniforme; y los hombres cargados de las curiosidades domésticas debiendo recorrer a pie, y al son de la música de viento, el largo trayecto de Rosalina a la casa de Ziska, donde el nuevo matrimonio pasaría la luna de miel.

Don Valentín y Asunción se despidieron, sin que hubiese mediado la más pequeña insinuación de parte de Eulalia ni del señor López para que se quedaran a pasar la noche. Todo lo contrario: estaba manifiesto el deseo que ambos tenían de encontrarse libres de gente en su casa, y cuando don Valentín habló de marcharse, el señor López dijo con seriedad:

—De modo que pasado mañana nos veremos aquí.

—Pasado mañana es imposible. Vendré el lunes, a primera hora –contestó Cienfuegos, prorrogando el plazo premeditadamente, pues creía que Antonio estaba bajo una impresión de momento, que con un poco de tiempo y otro poco de calma vendría a disiparse como los celajes de verano.

—Tanto mejor; para el lunes podré tener todo arreglado.

—Adiós.

—Adiós.

Y tras aquella inmensa bulla del festín, y después de tan seca despedida, la casa quedó envuelta en el silencio de un claustro.

Por todas partes se veían copas con rezagos de colores, las flores marchitas y deshojadas, esparcidas acá y allá, corrían parejas con las escupideras llenas de puchos de cigarros que saturaban el aire con un vaho de olor repugnante, ese olor peculiar a los salones donde se realizan festines del género del que hemos visto, y que son como los miasmas pútridos en el panteón de las alegrías nacidas y muertas en un mismo día.

Eulalia, aparentemente tranquila, ordenaba la casa dando instrucciones a los sirvientes, mientras que el señor López, profundamente abstraído en su pensamiento, paseaba en la sala con las manos escondidas en los bolsillos del pantalón, y mordiéndose los bigotes a intervalos.

Cuando hubo transcurrido más de media hora en situación semejante, detúvose delante de un sofá y dijo como quien delira:

—Crébillon[197] y Balzac[198] llaman el sofá el mueble del adulterio –y una sonrisa sarcástica asomó a sus labios, y paseó su mirada por la sala buscando algo. Efectivamente, era su sombrero lo que buscaba, distinguiólo en una esquina, fue hacia él, cubrióse y salió en dirección al escritorio, donde abrió el cajoncito en que guardaba su revólver, sacó el arma, examinó sus cápsulas, guardóla en el bolsillo del pantalón, y salió murmurando estas palabras:

—La retención del guante será suficiente acusación para el infame, con ese guante le arrancaré la vida.

Y con paso mesurado, tranquilo, como que iba a resolver un asunto trascendental, se dirigió a la casa de don Isidoro Peñas.

197 *Crébillon*: Claude-Prosper Jolyot de (1707-77), novelista francés autor de narraciones licenciosas, algunas muy difundidas en su traducciones al español. La obra que se menciona aquí es *Le sopha, conte moral*, relato (moral sólamente en el título) publicado en 1740.

198 Balzac: Honoré de (1799-1850) periodista y prolífico escritor francés. Autor de de más de ochenta libros, de los cuales cuarenta forman parte de la serie titulada "La Comedia humana". La caricatura de la burguesía fué constante en su obra entre las que se destacan *Cuentos libertinos* (1832-37), *El coronel Chabert* (1832), *El cura de Tours* (1832), *Eugenia Grandet* (1833) y *Papá Goriot* (1834)

VI

—¿**H**as reparado, Valentín, en no sé qué que ha pasado en la casa de López? –preguntó doña Asunción a su marido, después de haberse despejado en "Palomares" de sus prendas de viaje.

—Sí, pero la culpa la tiene el fraile, ese...

—No seas mal *hablao* ¡Jesús, Valentín! si lo dices porque entró al cuarto, eso es injusto; si entramos las dos.

—Como quieras. Antonio está celoso, y un celoso es un loco.

—¿Pero cómo va a tener celos de un sacerdote? Eso ya es demasiada corrupción. Valentín, tú debes aconsejarlo.

—Le aconsejaría hacer lo que yo medito realizar aquí hace años.

—Y ¿qué?

—No consentir que tú vayas al confesonario, ni consentir que venga a casa ese curita.

—¡Ave María! parece que has tomado algunas copas de más. En tu juicio cabal no eres capaz de decir estas herejías. ¡Jesús, que ni nos oiga nadie!

—Es que yo soy hombre y he visto, y sé más que tú.

—Y en tal caso ¿qué garantía quedaba para la familia? Valentín, *entiéndete* bien, el confesonario es el único freno para ciertas cosas.

—No discutamos sobre asunto que nos llevará a echarnos la casa por encima, Asuntita. Lo único que te aseguro es que si tú te murieras, buscaría mujer sin más confesor que yo –dijo riendo Cienfuegos.

—Eso querrías, condenado; pero el consuelo que me queda es que yo te he de enterrar.

—¿Con responso cantado, eh?

Doña Asunción, sin hacer caso de las últimas palabras de su marido, se dirigió al interior, pasó el escritorio, sacó del seno el papel cuidadosamente doblado y, después de meditar unos segundos, en ademán de duda, lo guardó en el segundo cajoncito de la derecha, como se lo encargó el señor Peñas, volviendo a salir inmediatamente.

En casa de Ziska las cosas iban muy al placer de los acompañantes, pues –recogidos ya los novios en su alcoba nupcial, separada de la sala por una cortina de percal–, los concurrentes hicieron una grande fogata de granza[199]y *achupallas*[200], alrededor de la que acomodaron, a cierta distancia, cántaros de

---

199 *Granza*: residuos de paja larga y gruesa.
200 *Achupalla*: (quechua) piña del monte; *achupa* planta silvestre y espinosa como la piña; planta semejante al magüey.

chicha de jora y vasijas de pisco que, conservándose en un grado conveniente de calor, lucharían contra la intemperie de la noche.

En la sala anterior al altar de la dicha de Ildefonso se habían colocado bancas de tabla de distintas dimensiones, y tres faroles de vidrio y hoja de lata, pegados en diferentes sitios de las paredes, proyectaban la escasa luz de la vela de sebo, suficiente eso sí para alumbrar el buen humor que reinaba en los concurrentes; y al son de la música siguieron bailando por la felicidad de los flamantes esposos, hasta que la aurora del nuevo día extendió su manto de nácar, dejando ver los semblantes marchitos y trasnochados de éstos, el despilfarro del vestido de aquéllos y una ligera palidez en el semblante de Ziska que, un si es no es acobardada, se presentó en la sala, donde todos los saludos y todas las miradas fueron para ella, éstas de interés y no pocas de curiosidad mal intencionada.

VII

Cuando don Antonio penetró al zaguán de la casa cural, el señor Peñas paseaba en el salón; pero luego que distinguió al señor López, corrió a la puerta de salida de la sacristía, donde Pedrito limpiaba tranquilamente unos candeleros de plata.

—Corre, corre –díjole el cura sacudiéndole del hombro –y di que no estoy en casa, que he ido a visitar al jefe, que no vuelvo, que no sabes nada –y fue empujándolo hasta dejarlo en la puerta.

—¿El señor Peñas?

—Salió, señor –repuso Pedrito refregando el candelero que tenía en la mano, untado con una preparación de greda.

—¿Sabes si tardará?

—No sé, señor, puede tardar y puede no tardar... ¡*achiuu*!... dijo el muchacho dando un estornudo provocado por las partículas de la greda aspiradas en la respiración nasal.

Don Antonio se quedó perplejo y pensativo por algunos segundos.

El cura Peñas estaba colocado tras de la puerta en actitud del jinete que incita con el cuerpo la carrera del caballo; la barba saliente, estirados los labios, la nariz como pretendiendo prolongarse, y los cartílagos de las orejas inclinados ante la fuerza nerviosa que le dominaba.

Don Antonio necesitó un pañuelo para secar el ligero sudor que inundó su frente y, al llevar la mano al bolsillo, notó que había guardado el revólver en el mismo bolsillo en que estaba aquel. Sacó primero el Smith, luego el pañuelo con que enjugó su frente, sin darse cuenta de que la sola presencia del arma homicida hizo estremecer, tras de la puerta, al señor Peñas y arrancó a Pedro estas palabras:

—¡Jesús, señor! ¿para qué carga, mi patrón, esa pistola?

El señor López o bien no atendió o no quiso responder a la pregunta del muchacho, empeñado en la necesidad de encontrar al cura Peñas. Guardó el revólver en el mismo bolsillo, quedándose con el pañuelo en la mano mientras que Pedrito volvía a decir:

—Señor Patrón, ¡ay! yo le tengo mucho miedo a la pistola; capaz de que salga el tiro y nos mate a los dos —y accionaba con el candelero.

—No seas tonto, hombre —dijo por fin el señor López saliendo de su profunda ansiedad, sin sonreír siquiera ante aquellos temores infundados del mozo, y después de ligera pausa agregó:

—Volveré a las ocho, a las nueve, a las diez. Volveré hasta dar con el ladrón —y salió estrujando entre las manos el pañuelo blanco perfumado, con la cifra de su nombre bordada en una esquina con seda color granate por la delicada mano de Eulalia.

El cura abrió de golpe la puerta, y sin poder dominar su excitación revelada por un ligero temblor muscular, dijo a media voz:

—Ese hombre parece que está loco.

—*Caray*, sí, parece loco el señor López. ¿Y es a usted a quién le llama ladrón y le quiere matar?

—No, Perico, no es a mí, es a un oficial de los que han llegado. A mí me busca para unas declaraciones y no quiero ir —contestó el señor Peñas, inventando esa cáfila[201] de cosas con el deliberado propósito de que Pedro no tuviese motivos para cavilar sobre los verdaderos asuntos que mediaban entre él y don Antonio.

Y después de dar unas cuantas vueltas se sentó a la mesa, abrió el cajón de donde sacó una hoja de papel, y se puso a escribir.

El sacristán, sin atreverse a interrumpir al señor Peñas, daba la última mano de lustre al candelero, levantándolo a cierta altura de la cara para observar algunos paños que aún quedaban como ligera sombra.

—Bueno, pues, Peruchu, guarda tus candeleros en el armario de la sacristía, ensilla la *Boticaria* y vete de prisa a entregar esta papeleta al señor *ínter*. Ve, que es cosa que urge ¿eh? —dijo el señor Peñas doblando el papel y entregándolo a Pedro que, en silencio, seguía las prescripciones del amo retirándose por la puerta interior.

Al verse solo, el señor cura se dio un golpe en la frente y masculló algunas frases distinguiéndose apenas las últimas:

—¡Chambonazo![202] ¡Ese papel no he debido restituirlo!... no queda otro recurso que tomar las de villadiego... y... quién sabe también... ¡carambolas! que de menos nos hizo Dios. En esta tierra arriesgar en política no es tan aventurado que digamos, y en el Perú no es el Papa quien hace mitrados. Sí, adelante, y paso de trote... —se dijo el cura como todo un sargento avezado a la voz de mando, tomó el sombrero y se encaminó por la misma puerta de co-

---

201 *Cáfila*: (fam.) conjunto de gentes, animales o cosas, especialmente en movimiento una detrás de otra.

202 *Chambonazo*: (fam.) aumentativo de chambón, persona torpe, de escasa habilidad.

municación con la Iglesia, donde esperaba encontrar ya instalado el batallón y podría hablar con los jefes.

En efecto, las armas estaban en pabellones hacia la derecha de la entrada. La tropa, dividida en dos alas formando callejón por compañías, se entregaba al descanso, mientras que las *amorosas*[203] acampadas en el atrio del templo se resignaban a la intemperie, en nombre del amor, y los jefes, reunidos en coro con los oficiales caracterizados, discurrían sobre el itinerario de marcha y las probabilidades de su entrada a la ciudad de los rosarios y de los temblores[204], cuya toma era el objetivo de tan cruda campaña.

—¿El comandante Campoverde? –dijo el cura llegando.

—Servidor de usted, mi cura.

—¿A que no cae en la cuenta del motivo de mi venida?

—Cierto que no nací profeta, mi señor, ni siquiera brujo.

—Pero en tiempos de guerra, cuando se trata del gran Castilla, no es difícil adivinar el *casus belli*…

—Será un *Te Deum* para mañana…

—¡Cómo se conoce que mi comandante es de espada!

—¿Y?

—¿El *Te Deum* lo cantarmos en la catedral de los *ccalatos*?[205] –dijo el cura riendo.

—Espero en Dios y le pido que me deje con el cuero sin agujeros.

—Sí, será mi Comandante. Yo vengo a insinuarles que mi sangre de peruano hace su deber en estos momentos, y he resuelto irme de capellán del *Charansimi*.

—¿De veras?

Al oír esto, el que parecía primer jefe volvió la vista con interés y examinó, de hito en hito, al señor Peñas. Era aquel un hombre alto, de bigote y pera grises, de ojos pardos, grandes y vivos, con una cicatriz hacia el carrillo derecho. Vestía uniforme de cuartel, abrochado hasta el cuello en un capotón cenizo[206] con franjas azules y botones amarillos con el escudo nacional en relieve. Su cabeza, cubierta con un sombrero guarapón de ancho cintillo, dejaba vislumbrar debajo de su ala una frente despejada y cabello cano tal vez como sus bigotes.

—Tanta proeza sería indicio de ganancia –agregó el Comandante Campoverde, a lo que el cura repuso:

—Es cosa resuelta, mi Comandante, y si los señores jefes me admiten no hay palabra que desperdiciar.

—El Coronel Cañones –dijo el Comandante, presentando al cura Peñas al jefe del capotón.

—A su mandar, mi cura.

—Su humilde capellán, Isidoro Peñas, señor Coronel.

—He escuchado a usted con todo el placer que puede infundirme una

---

203   *Amorosas*: se refiere a las *vivanderas*, mujeres que seguían a los ejércitos y los proveían de distintos servicios, incluyendo los sexuales.

204   *La ciudad de los rosarios y los temblores*: Arequipa.

205   *Ccalatos*: del quechua *q'ala*, desnudo; pelado.

206   *Capotón cenizo*: capote amplio de color grisáceo.

acción heroica en obsequio a la causa de los pueblos.

—Sí, mi Coronel. Yo, como hice presente al señor Comandante en mi primera entrevista, soy castillista de tomo y lomo, y ahora me marcho con ustedes.

—Nada tengo que oponer sino mucho que agradecer a usted, pues muchos domingos carecemos de misa por falta de capellán.

—Ir a Arequipa sin capellán también sería una falta estratégica —observó el Comandante.

—Fuera de todo, mi Coronel, también uno es creyente, y como tal debe proceder.

—Exactamente, mi cura.

—¿De modo que quedo aceptado?

—De mil amores, doctor Peñas. ¿Y su doctrina?

—Como sirvo dos campanas tengo mi *ínter*, y todo quedará arreglado para la mañana. Yo esperaré a ustedes en Moyopata[207], y ¡abur! —dijo el cura tendiendo la mano en ademán de despedida.

—Adiós, pues, hasta mañana.

—Hasta pronto.

—Que pasen feliz noche.

Después de este diálogo, los pasos del cura resonaron en las naves del templo, y atravesó por el centro de la calle formada por los soldados en descanso, para dirigirse a su domicilio por la puerta de comunicación.

—¿Qué opina usted, Comandante Campoverde, de la actitud del curita? —preguntó el Coronel.

—Que debemos recomendarlo en la orden general que se dicte próximamente. Estos pases tienen efecto maravilloso en las filas contrarias.

—¡Oh! ¡ni qué dudar! Fuera de eso escribiré particularmente a su Excelencia, recomendándole el nombre de este buen castillista. Si triunfamos, bien puede que le toque una mitra.

—O siquiera una silla en cualquier coro.

—No parece lerdo el frailecito. Alguna aspiración ha de moverlo y ¡quién sabe si apunta alto!

—Eso de contado, mi Coronel, y como sirva lo serviremos.

—¡Pese a los mil demontres! pero en el país hasta las cosas del alma penden de nuestras bayonetas —dijo con satisfacción el Coronel.

Y las cornetas, secundadas por los redoblantes, tocaron a lista de ocho[208].

207 *Moyopata*: caserío en la zona de Cajamarca.
208 *Lista de ocho*: revista de los efectivos a las 20:00 horas.

VIII

Pintan al Tiempo como a un anciano venerable sentado en la orilla de un río cuyos caudales arrastran la vida humana, que pasa delante de él para precipitarse en el abismo de los siglos.

Turbias a veces esas aguas, a veces trasparentes y tranquilas, van ora enturbiadas por la mano de la Fatalidad, ora clarean con las lágrimas que se mezclan a su caudal, iguales a las que vertió María de Magdala, a los pies de Jesús, que pudiéndolo todo en la tierra por la virtud de su Padre, también pudo perdonar los pecados de amor sublimizando la historia de la pecadora del castillo.

Mas, no es el Tiempo el que pasa como generalmente pensamos; es la vida que se consume, la vida que corre tronchando flores, arrancando esperanzas, sin un dique que detenga su corriente hasta el oscuro umbral del sepulcro, en cuyas tinieblas penetra el ateo por la puerta de la duda hasta leer NADA y el creyente a la diáfana sonrosada luz de la fe y la esperanza vislumbra TODO despreciando la palabrería del filósofo que, en la teoría de la inmortalidad del alma, ve la irradiación del orgullo y la vanidad del hombre que se cree inmortal, eterno, como su Creador.

¡Cuánta vida ha pasado en el trascurso de un tiempo limitadísimo, desde la tarde en que don Antonio López volvió a desandar lo andado, y con pasos tardíos regresó a su casa después de buscar en vano el señor Isidoro Peñas!

El curso de los acontecimientos llevaba a unos hacia los floridos campos de la dicha, donde descuella la virtud que sigue a un verdadero arrepentimiento; a otros hacia el tenebroso caos en cuya puerta, como en el infierno del poeta florentino[209] podría escribirse *aquí acaba toda esperanza*, si la Religión, enseñada por el divino niño nacido en un frío pesebre y muerto en el árido

---

209   *Poeta florentino:* Dante Alighieri.

monte de la Calavera, no hubiese grabado con buril de diamante en planchas de oro incorruptible, *perdonad setenta veces siete*, y si la palabra de Jesús no hubiese dejado oír al arrepentido la sublime promesa de que *no hay culpa sin perdón*.

Al lado de aquella enseñanza divina, la ciencia humana, en sus relaciones fisiológicas, ha escrito también *índole*, traduciendo la tendencia o inclinación natural, peculiar a cada individuo.

Y esta índole prevalece con mayor fuerza en la mujer, descuidada en su educación por el egoísmo masculino, y entregada a sus propias fuerzas, en esta tramoya de la vida cuyos cuadros dispone el varón.

El alma de Eulalia se encontraba bajo el peso abrumador del sufrimiento, y cambiaba la silueta en su corazón, lejos de ver ya el aterrador fantasma de los celos, veía la imagen demacrada de su propia debilidad, avergonzada ante la serena mirada de don Antonio.

Para éste había rayado la aurora de las reparaciones, y tras la laxitud del convaleciente moral, vino también la salud vigorosa que, dando tonicidad a su cerebro, serenó y dirigió sus reflexiones por el sendero conveniente.

¡Cuántas horas pasó él entregado a profundas meditaciones!

¡Cuántas noches huyó el sueño de sus párpados enrojecidos por el insomnio!

Lucha cruel, expiación secreta de su cobardía al querer huir de la faena de la vida por la vedada puerta del suicidio, como el soldado miserable que arroja el rifle y elude el combate.

¡Vivir es luchar!

¿Qué importan las heridas del alma, si al fin el triunfo recibe su palma? Antonio López lucharía resuelto, y saldría victorioso.

El día en que Valentín Cienfuegos debía volver, llamó a Eulalia y la dijo:

—Hoy resolveremos todos los problemas, Eulalia. Esta situación no puede prolongarse; los malos tragos, si es ineludible apurarlos, se beben de golpe.

—¿Qué quieres decir, Antonio?

—Que necesito de ti un sacrificio. He preparado un tósigo[210] para los dos...

—Sabes que mi vida te pertenece, Antonio; dispón de ella.

—Eulalia, el sacrificio compartido, tal vez no debe llamarse sacrificio. Hace poco que, por no dar el paso que ahora doy, quise huir de la existencia, arrancándomela...

—Antonio, Antonio mío, ¿qué es lo que dices? ¡Ahora moriremos juntos!

—¡Oh! ¡no!... Nos salvaremos los dos. La quiebra amenazaba mi casa y, como caballero, no podía tocar tu dote ni tus joyas, Valentín vino trayéndome la salvación, pero a cambio de mi honor...

—¡Ah! ¡el pliego!

—Sí, el pliego número 3... ¡la verdad! Yo acepté ese negocio en el que

210 *Tósigo*: veneno (de tóxico).

hasta hoy sólo han entrado los preparativos; debo veinte mil soles, que devolveré tomando… tu dote.

—Y mis joyas, y mis brazos —repuso Eulalia con entusiasmo.

—Eso es; pero, no podré lavar la injuria del cura…

—¡Por piedad, Antonio! Te repito mis juramentos; sí, todo lo que te he referido es la verdad.

—Yo debía arrancarle el guante y la vida; pero ha huido el muy canalla.

—Te pido, en nombre de la paz, que no menciones esto, Antonio. Yo culpable, habría huido de tu presencia en la que hoy permanezco como la víctima salvada por ti.

—Tu dote y tus joyas salvarán también el conflicto, Eulalia, ¿y tu amor serenará después mi corazón?

—Te lo juro.

—Valentín no debe tardar. Vete, ve a llorar nuestra ruina, y pide a Dios que jamás venga el deshonor —dijo López, esforzándose por dominar sus emociones fuertes, y se puso a trazar guarismos sobre un pliego de papel, mientras Eulalia se alejaba lentamente con el semblante sombreado por el velo de la tristeza, dejando a don Antonio pálido, con la resolución del que va al combate a vencer o morir.

—¿Ha vuelto el juicio a las gentes de esta casa? —gritó desde la puerta Cienfuegos que acababa de llegar.

—Completo, sí.

—Pues ¿qué de nuevo me cuentas?

—Que ahora recibirás tu dinero y perjuicios. Prefiero la vida modesta y callada, pero la vida con honor.

—¿Qué dices, Antonio?

—Que me voy de acá. Aquí tienes los valores. El escribano Mogollón tiene las escrituras a que se refieren estos testimonios, puedes girar por veinte mil soles.

—¿La dote de doña Eulalia? —preguntó Cienfuegos leyendo el lema.

—Su dote y sus joyas, todo servirá para salvarnos; y si ayer hubiese hecho esto, hoy no pesarían en mi corazón dos planchas de plomo candente que consumen mi existencia.

Don Valentín miraba fijamente a su amigo, mordiéndose los bigotes con rabia disimulada, y por fin preguntó:

—¿Es irrevocable tu resolución?

—Irrevocable, Valentín. Y cuenta que yo no me explico por qué el cura Peñas estaba al corriente de estos secretos.

—¿El cura Peñas? ¡Imposible!

—Tan posible que el pliego número 3 está en sus manos.

—¡Jamás!

—Pues te juro que Eulalia lo ha visto, y lo ha leído.

Esta declaración demudó el semblante de don Valentín y, dando un golpe en el suelo con el pie derecho, dijo:

—¿Sería capaz de tanta infamia, Asunción? No siendo ella, nadie podía imponerse de mis papeles. Pero te juro que sabré castigar.

—Yo haría otro tanto; y aquí tienes tus valores.

—Si hemos sido vendidos, tienes razón, Antonio, y el diablo cargue con todo.

—Emplea mejor tus capitales —dijo el señor López, apelando al consejo para huir de toda discusión.

—Lucharé hasta saber la verdad, y esa mujer morirá a mis manos.

—Tal vez te estrellarías contra el instrumento de la ciega obediencia, cuando la víctima de reparación debía ser ese mal hombre que ha huido.

—¿Cómo?

—Se ha enrolado como capellán en el batallón *Charansimi* que pernoctó aquí.

—No importa, iré a buscarlo a la cima del *Misti*.

Don Antonio se sintió como humillado por la enérgica resolución de Cienfuegos, y se puso a dar paseos murmurando frases ininteligibles hasta que, transcurridos unos minutos de silencio, dijo:

—Yo me marcho…

—En buena hora; pero en el Perú ¿adónde irás que no encuentres la familia asediada por esos malos sacerdotes que, sin la preparación suficiente y sin virtudes, se ordenan al quién da tanto?

—No seas pesimista. Anda a la capital y verás.

—Me atrevo a dudarlo.

—Pero tú te contradices, Valentín; es el egoísmo lo que te hace discurrir; recuerda tus palabras el día que me animabas para el negocio; y sea lo que fuese, estoy resuelto. Estudiando la índole de mi mujer te aseguro que será mía, y mis secretos no saldrán de las cuatro paredes de mi casa.

Al decir esto último el señor López cambió visiblemente de color, y a la vez el nombre de doña Asunción cruzó por la mente de don Valentín, como una centella que avivaba la acusación pendiente y dijo:

—Es imposible, Valentín, nuestro secreto no puede ser conocido. Asunción nunca ha tocado mis papeles, el sitio donde estaba guardado el pliego sólo era conocido por mí.

—No lo sé; pero el cura Peñas es dueño de ese pliego; y tu nombre y el mío y el de esos amigos…

—¡Rayo de los demontres! Es necesario que yo le arranque primero el pliego y después la confesión.

—A él.

—¡A él y a ella, a los dos!

—Lucharás en vano, Doña Asunción está suficientemente dominada por el misticismo, que ciega y embrutece, y morirá antes que delatar a su confesor.

—¡Terrible situación de los maridos!

—Ridícula situación, di mejor.

—Imbécil situación –acabó por decir Cienfuegos, recogiendo los papeles, enrollándolos y disponiéndose a partir.

—¿Has visto a Williams? –preguntó don Antonio como deseoso de no dejar asunto pendiente.

—Sí, hace días que vive en crápula[211]; no sé cuando se separe de la ginebra.

—Ese es un inconveniente; pero, con un poco de tino…

—Todavía abrigo alguna esperanza de que entres en reflexión, que todo se enderece y podamos seguir –insistió don Valentín a lo que López repuso enfadado:

—Es en vano. Mi viaje es un hecho. Viviré contento allá donde se rinde culto al trabajo, donde uno puede confundirse entre cientos de personas, con garantías para el hogar, y sin que la vanidad y las exigencias sociales me empujen al camino de la estafa.

La última frase hizo un efecto decisivo en el ánimo de don Valentín que salió sin ceremonia, sin decir siquiera el adiós, seco y lacónico, de dos amigos dominados por el disgusto.

---

211 *Crápula*: borrachera.

IX

El sol, en el zenit, sobre un cielo decorado de grandes nubes que dibujaban ya montañas nevadas, ya pilones de algodón escarmenado[212], ya gasas flotantes como el velo de una novia o plomizas como el humo del cigarro que se dilata, se arremolina y se disipa, dada a la atmósfera ese calor asfixiante que precede a las tardes de tempestad en aquellos cielos de sierra, caprichosos e inconstantes como la nube cargada de agua que cruza el espacio azul.

La piedra blanca de los caminos, calcinada por los rayos solares, reflejaba luz y calor sobre el rostro del viajero; el paisaje estaba sombrío; los arbustos, como la *chilca*[213] o el árnica[214] de flor amarilla nacidos entre peña y tierra, parecían mustios, no sólo por la acción del sol abrasador sino por el polvo que fue a apagar el verde vivo de sus hojas.

Allí, en lontananza, apenas se divisaba un muchacho pastor de ovejas, sentado sobre una piedra prominente, con su sombrero viejo sobre las rodillas, copa abajo, con algunos puñados de mote[215] frío guardado en la cavidad. Vestía camiseta grana descolorida por el sol y calzón negro de bayeta, remendado por las posaderas con género nuevo, y los pies calzados con ojota de tientos corredizos. Junto a él, como esperando los desperdicios de la merienda, un perro chusco, con la mirada lista, meneando la cola a intervalos, como expresando sus sensaciones de ansiedad; y más allá la manada, más bien lamiendo el caliche[216] de los pedregales que arrancando la escasa yerba de los contornos, acudía a abrevar en un manantial de frescas y cristalinas aguas, que existe en la hondanada donde el pastorcillo arreó la armiñada tropa; y mientras ella saciaba la sed, él comía la regalada merienda en compañía de su fiel amigo.

212 *Escarmenado*: desenredado.
213 *Chilca*: *Bacchalis salicifolia*, arbusto de 1-2 m. de altura, ramoso, de flores en racimo y frutos rojizos.
214 *Árnica*: *Árnica montana*, planta perenne de propiedades medicinales con flores muy vistosas.
215 *Mote*: alimento de maíz desgranado, cocido con sal.
216 *Caliche*: afloraciones de óxido de calcio.

Don Valentín Cienfuegos cruzó aquel paraje sin repapar en nada ni en nadie.

Su mente estaba demasiado ocupada en la traición de su mujer, para detenerse a contemplar el paisaje ni los bellos cuadros de la madre naturaleza, dignos de dar renombre al lápiz o al pincel de los que nacieron con el nervio del arte en la concavidad cerebral cuya forma determina, ante la ciencia fisiológica, los talentos humanos y hasta la índole del individuo.

Cienfuegos iba en un tordillo fogoso, cuyo vigor salvó la distancia en tres cuartos de hora; y una vez llegado a "Palomares" se dirigió impaciente al escritorio, para persuadirse por sí mismo de la realidad de la violación de sus secretos. Cuando la mano derecha de don Valentín tomó la perilla del cajoncito número dos, un calofrío estremeció su cuerpo; estaba bajo las impresiones de aquel que teme la posesión de la verdad por la magnitud de ella. Una ráfaga de duda templó su sangre, la reacción asomó a su sistema nervioso, y tiró con fuerza de la perilla.

Su mirada, encandilada con la llama de la cólera, abarcó el contenido del cajón, y el pliego número 3, signado con lápiz rojo, apareció allí blanco y doblado. Lo agarró con violencia, y estrujándolo entre sus manos, exclamó:

—¡Era un infame Antonio! ¡Infame! ¡ha calumniado al cura Peñas, ha derramado sombras en la reputación de mi mujer! Y todo ¿por qué? ¡Por retractarse de un negocio al que tal vez le ha visto malacara! ¡Ah!... ¡infame, infame! Caro ha de pagármela. Hoy muere su amistad en mi corazón y nace el odio irreconciliable por quien, más débil que una mujer, calumnia así para salvar de un compromiso.

Don Valentín desdobló el pliego arrugado, repasó la escritura con atención, volvió a doblarlo, y con él entre manos comenzó a dar paseos por la habitación, con la actitud del que forja un plan en la mente. De improviso su frente cobruna brilló como alumbrada por una idea, se contrajeron sus labios plegados por la seca sonrisa que provoca la ejecución de una venganza, y sentándose en el pupitre, púsose a escribir en un pliego de papel de oficio, empleando la mano izquierda para desfigurar su letra, y terminada la escritura dobló el papel, lo empaquetó, lo selló con lacre y puso el siguiente lema: "Al Señor Subprefecto e Intendente de la provincia".

Guardó este paquete en el bolsillo pechera de la levita, aseguró después el pliego número 3, no en el mismo segundo cajoncillo de la gaveta sino en el siguiente, y salió en busca de dos personas. La primera doña Asunción, por quien sentía cierto grado de ternura, como la satisfacción dada interiormente a quien había ofendido en lo más delicado que existe para la mujer, en su lealtad de esposa. La segunda persona era el *pongo* nuevo de la casa, al que llamó en alta voz:

—¿Quispe?

Este no dio que esperar al amo; y se presentó inmediatamente un indio joven, alto, delgado y ágil que vestía calzón de chupa[217], chaleco de bayeta grana y casaca azul.

Su larga, negra y cerdosa cabellera estaba reunida hacia la nuca en una sola trenza, en cuyo remate colgaban finos hilos de vicuña tejida, a manera de cintillas, y sus pies completamente descalzos mostraban, en su ancha estructura y la separación relativa de los dedos, el no haberse sujetado nunca a la prisión del zapato.

—Quispe –díjole don Valentín, sacando el paquete del bolsillo de la levita –vete de carrera a la posta y echa a la caja del correo esta nota que es de precisión; no tardes.

—Corriendo, *wiracochay* –repuso Quispe recibiendo el oficio y arrancando la carrera.

—¡Donde irás conmigo, bribón! –se dijo Cienfuegos dirigiendo sus pasos hacia la vivienda de Asunción.

217 *Chupa*: especie de camisa ajustada al tronco que se usa debajo de la casaca militar.

X

Las huestes guiadas por el Gran Mariscal don Ramón Castilla a las fronteras de Arequipa coronaron sus esfuerzos con el más brillante éxito, pues la toma de la ciudad volcánica fue un hecho, aunque a costa de infinitas víctimas caídas en las barricadas levantadas en las bocacalles de la población, y las invasoras posesionadas en los minaretes, en los techos de bóveda y en las torres de granito.

Al batallón *Charansimi* no le tocó la suerte del combate porque, precipitados los acontecimientos apoyada la causa por una parte del pueblo que clamaba por la rendición, precisado por el asedio el director de las operaciones resolvió solucionar la causa sin el concurso de ese batallón fuerte de cuatrocientas plazas, bien equipado, tal vez mejor que otros del ejército privados de uniforme y acaso aun del rancho necesario.

A la subida de la *Cuesta de las ánimas* un *chasqui,* sudoroso y entusiasta, puso en manos del Comandante Campoverde un pliego, que éste pasó al primer jefe después de repasar la escritura del sobre. Era el aviso que el Gran Mariscal daba, desde el cuartel general de Arequipa, de haber triunfado la causa de la legalidad.

Tan inesperada nueva corrió con la rapidez de la electricidad en las filas del batallón *Charansimi*, resonaron calurosos vivas, los soldados echaron al aire sus kepís, la banda de música rompió en una entusiasta diana, y el capellán propuso pernoctar en el inmediato pueblo de *Quishuarpata*, en cuyo modesto templo se entonaría el *Te Deum laudamus* en acción de gracias; y allí mismo el Coronel empeñó su palabra al señor Peñas de que, una vez llegados al asiento del gobierno triunfante, él sería preferido en la provisión de una de las sillas canongiales.

—El sacrificio patriótico de mi capellán importa más que el nuestro, camaradas. Ha dejado en su doctrina sus emolumentos y sus comodidades por el servicio de la causa, y el batallón ha atendido sus planillas de pago en varios días con los préstamos del señor Peñas; y todo esto requiere una canongía por lo menos, de premio –dijo el Coronel, en medio de la alegría y la manifiesta aprobación de oficiales y tropa.

Esta oferta fue atendida por Castilla con la buena fe del que sabe pagar deudas contraídas; y meses después el señor Isidoro Peñas tomaba colación en el coro de una de las catedrales de la república, señalado como personaje de campanillas[218], aclamado como patricio ejemplar y como varón santo que allá, en su curato, edificaba a su feligresía.

No era extraño que las candorosas beatitas besaran muy a placer la blanca mano que aún guardaba el fino guantecillo de seda de la señora de López.

¿Quién podía fijarse en nimiedades en una sociedad donde se rinde culto al éxito, donde la virtud, que no descansa en la aparatosa forma de carruajes, sedas y lacayos, ni aun merece el nombre de tal?

¿Quién podia señalar a tipos como el que nos ocupa?

Nadie sino el novelista observador que, llevando el correctivo en los puntos de su pluma, penetra los misterios de la vida, y descorre ante la multitud ese denso velo que cubre los ojos de los moradores ciegos y fanatizados a un mismo tiempo.

El novelista de sana intención, llevado en alas de la moral social, en nombre de las mismas instituciones que deben depurarse a medida que el progreso se extiende.

En el Perú no existe, sin embargo, el temor del correctivo retocado por el romance, porque todavía la novela trascendental, la novela para el pueblo y para el hogar, no tiene ni prosélitos ni cultivadores. Y a juzgar por el grado de los adelantos morales ¡ay de aquella mano que, enristrando la poderosa arma del siglo, la tajante pluma, osara tasajear[219] velo y tradición!

Los pueblos se moverían para condenarla en nombre del cielo prometido a los pobres de espíritu.

Hemos adelantado los acontecimientos al desarrollo natural de esta historia, por pedirlo el curso posterior que daremos a la narración, a cuyo fin nos acercamos llevando en la mente la afiligranada vajilla de la verdad.

---

218 *De campanillas*: importante.
219 *Tasajear*: tajear, cortar en tiras.

XI

Los correos del interior son llevados por un conductor de a caballo, seguido de una acémila[220] cargada de la valija, y arreada por el incansable postillón de a pie, cuya fortaleza rivaliza con la de los animales que se van renovando de posta en posta.

El pliego que Quispe puso en el buzón de la carrera siguió su curso, con rapidez digna de notarse, hasta llegar a su destino.

El mandatario era a la sazón un sargento mayor retirado del servicio activo, por causa de una herida de sable que recibió en la pierna izquierda en la gloriosa jornada de Junín[221], donde el choque fue al arma blanca, terrible y decisivo, pues la victoria selló el triunfo más completo para el ejército libertador.

El sargento mayor don Cayetano de Quezada es un hombre entrado en años, de frente ancha y pecho altivo; residuo de esa noble legión veterana que combatió por la idea echando a retaguardia la personalidad, esa terrible plaga que después ha traído a vanguardia la República con sus odiosas concesiones de entorchados y graduaciones de compadrería.

Lo que hace prominente la figura de don Cayetano es el reposo con que acompaña el discernimiento y la tranquilidad de ánimo en la aplicación de la ley.

En los momentos en que lo encontramos se hallaba sentado en una añosa poltrona, fabricada con la combinación de la madera y la vaqueta, junto a una mesa con papeles esparcidos en distintas direcciones. Acababa de abrir el pliego trazado por don Valentín Cienfuegos y leer esta tremenda revelación:

> "Señor Subprefecto Intendente: Un ciudadano, honrado si los hay, notifica a Ud. en nombre de la ley, que en la casa de don Antonio López se fabrica moneda clandestinamente. Ud. con esta denuncia haga las pesquisas y castigue al delincuente".

—¡Está anónimo! ¡Un anónimo es siempre el arma de los cobardes, de los calumniantes también! Don Antonio López es una persona de distinción, cuya fortuna saneada no puede permitirle semejante comercio. Y luego, en esta tierra, la acusación de monedero para el hombre y de adulterio para las damas, se va haciendo moneda de oro. Sin embargo ¿quién me garantiza que este anónimo no sea la expresión de la verdad, el estallido de un corazón

---

220 *Acémila*: mula de carga.
221 *Junín*: batalla decisiva (6 de agosto de 1824), donde las fuerzas de Bolívar derrotaron a los realistas comandados por el general José de Canterac. La batalla se decidió con una contraofensiva a sable donde no se disparó un solo tiro..

honrado, el grito de un interés herido? –se dijo don Cayetano, y se quedó con el pliego suspendido en la mano izquierda, mientras que su diestra retorcía suavemente ya su bigote, ya su pera, grises, como anhelando sacar mejores razonamientos para un proceder acorde con su autoridad.

De improviso halló lo que ansiaba, y poniéndose de pie, sin soltar el pliego, dijo:

—Sí, sí y sí; creo que daré el golpe en el clavo si no me engaña la herradura. Voy a hacer comparecer a López. Su fisonomía me dirá lo que su lengua franca. ¡Cáspita! que allá en el campamento, al mismo Canterac le leía yo en la tienda enemiga sus intenciones, y no es Lopecitos quien engatuza a un veterano. A ver, alguacil de vara, ¿quién hay por esas puertas? –llamó en alta voz.

El alguacil de servicio acudió en el instante y recibió esta orden:

—Marche usted de frente, paso de trote, a la casa de don Antonio López, cuádrese y dígale que se presente en este despacho.

—Sí, mi Mayor.

Y el Subprefecto volvió a su puesto y siguió repasando otros pliegos del servicio oficial, no sin interrumpir de vez en cuando su lectura para pensar en la acusación pendiente y dar repasadas también al bigote. Después sacó del bolsillo una finísima petaca de paja de Piura, tomó un cigarro corbatón[222], armó su papelillo, sacó de otro bolsillo el yesquero, rastrilló con el pedernal, encendió el cigarrillo y, después de apagar el fuego del yesquero, lo miró dándole una vuelta, lo guardó y se puso a fumar tranquilamente, contemplando con la mirada los giros que tomaba la columna de humo; con el pensamiento sumido en el mar sin orillas que presentaba ante su honrada y pacífica administración, aquel inesperado anónimo que podía decir crimen con la misma razón que decir nada.

—¿Y la calumnia? ¡Qué diantres! la calumnia también la debo castigar yo, que soy soldado de la ley –dijo, por fin, arrojando una bocanada de humo, recogiendo la tabaquera que dejó sobre la mesa, guardándola en el bolsillo, y tomando la actitud de confianza que acostumbraba en la vida del vivac, dejando ambas piernas estiradas.

---

222 *Corbatón*: cigarro ordinario de papel blanco y grueso.

XII

La calma y la resignación, esos genios tutelares del hombre empeñado en la contienda de la vida, protegían de nuevo el hogar de don Antonio López donde él, a cada paso, contemplaba la fisonomía de Eulalia trasparentando la sinceridad de su alma y el dolor de su corazón.

¿Quién sino ella con su inobediencia al mandato, o mejor dicho a la súplica de su esposo, había llevado la amargura al fondo mismo del nido de sus amores, donde su corazón de esposa dormitaba el sueño de la felicidad? ¿quién sino ella, repetimos, llevó a los pies del confesor los secretos del hogar y de su propia honra?

Por dicha la serpiente de la seducción quedó enredada en las redes tejidas por la índole superior de la mujer, y no se mancharon las cisnerianas[223] plumas de la paloma entre las sucias garras del milano; y el viaje de los esposos López a la capital de la República quedó definido, soñando ya la mente con ese Lima, reina escondida entre minaretes y celosías.

Y la dicha, esa veleidosa golondrina de nuestro cielo, volvería a anidar bajo los alares de un hogar calentado por el afecto de dos corazones que se respetan.

Don Antonio tomó el brazalete de brillantes, deslumbrado por el brillo de las piedras ricamente engastadas en oro de dieciocho quilates; oro inglés, importado al Perú por sólo una joyería de gran nombre, única entonces con privilegio de patente de fábrica. Y paseando la mirada entre el brazalete y Eulalia, pensó algo que reflejaba compasión, pero que fue ahogada por estas frases, más bien pensadas que moduladas por la palabra:

—¿Y el veneno caído en mi alma... ?

—Señor *wiracocha* ¿da usted su permiso? –dijo desde la puerta el alguacil

---

223 *Cisneriana*: blanca como pluma de cisne.

de gobierno, que llegaba empuñando la vara con canutillos de plata y cadenilla del mismo metal.

—¡Hola! ¿Y qué ocurre por acá? –repuso López, escondiendo las joyas
entre unos papeles.

—Por acá nada que yo sepa, señor *wiracocha*; pero por allá, que se necesita
a la persona de *usté* en la casa de cabildo sin pérdida de minuto, que así terminante es el mandato del señor Subprefecto.

—¿A mí? ¿y para qué me necesita el Subprefecto? –preguntó López, sintiendo culebrillas de menta en sus venas.

—Jesús, a mí no me agradan llamadas de autoridad. Antonio, mejor te
excusaras, no vayan a haberte chismeado –observó Eulalia.

—¿Pero en qué sentido, si ya la revolución está terminada?

—Ni lo creas, en el país nunca dejará de haber tramoyas politiqueras…

—No debe ser cosa de mayores, mi señor, porque yo nada he olido con
trazas de molestia y solito el Mayor está leyendo su correo –relató el alguacil.

—Bueno, iré mañana.

—No, *tatay*, que soy alguacil de vara y obedezco.

—¡Caramba! pero si no te han dicho que me lleves preso, yo iré.

—Es que yo debo ir con *usté*.

—¿Qué puede ser? –preguntó aún caviloso don Antonio.

—Podías escribirle.

—No, mejor salir de la duda. Vamos a ver qué manda su señoría –dijo
don Antonio, saliendo seguido del alguacil que se despidió de Eulalia con una
venia reverencial.

Eulalia recogió con presteza todo lo que tenía delante; y poseída de esa
misteriosa intuición de que goza el corazón femenino, comenzó a temblar y
a temer por don Antonio; y sin darse cuenta ella misma, el nombre de don
Valentín Cienfuegos cruzó por su cerebro, como ave agorera que grazna la
muerte de los seres que viven a nuestro lado, o de los amigos que se despiden
desde lejos para el tenebroso viaje del sepulcro.

—¡Ese don Valentín! –dijo con un sollozo la mujer de López.

Y gruesas lágrimas resbalaron por sus mejillas marchitas desde días antes,
y una sombra triste amortiguó su frente de marfil, poniéndose en seguida a
dar paseos por la habitación con esas vueltas inconcientes del jilguero que,
viéndose encerrado en la jaula, busca afanoso la puerta de escape chocándose
a un lado y otro con los alambres de su prisión.

—Nada bueno ha de ser! La fatalidad nos persigue. Sí, yo, yo he traído
la desgracia a esta casa. ¡Desconocerlo sería blasfemia! ¡Dios perdone a esos
malos curas como Peñas, Dios me perdone a mí! ¡Y esa Asunción, ella con
todos sus resabios de beata!…¡Asunción! ¡ella sabe, sí, no lo dudo, ella es la
confidente del cura Peñas! ¿Qué hago? ¿Cómo saber para qué llaman a Antonio? ¿Cómo alivio mi corazón roto ya en mil pedazos por la mano de aquel

hombre? —decía Eulalia, y cayó como desvanecida sobre el mismo canapé rojo, impasible y mudo testigo de tan encontradas emociones, de escenas mutables como el caer de las hojas del árbol, unas veces cubiertas de polvo, otras de nieve, y algunas secas y mustias arrastradas por el campo a merced de los vientos caprichosos.

¿El hombre también será árbol de la vida y las sensaciones de su corazón hojas desparramadas que vuelan al impulso del destino, cubiertas de lodo hacia la tierra, cuajadas de lágrimas hacia los cielos?

XIII

Doña Asunción estaba acabando de rezar la novena, cuando entró don Valentín a su vivienda y la dijo:

—¿Hasta qué hora, señorona? Deja a San Antonio por un rato y ven a mis brazos, paloma.

Sorprendió este dulce lenguaje a doña Asunción, y fue suficiente para que trasportada a mejores días se creyese en las quince primaveras de la mujer, cuando la vida se desliza entre los labios como un confite.

Púsose de pie y volviéndose a su marido repuso:

—*Catay* que este milagro es de mi señor San Antonio; Valentín, yo le he pedido que te cambie tu corazón y ¡*velay* que está hecho el milagro! – y se acercó al esposo y se abrazaron con dulcísima ternura, como no lo habían hecho desde hacía diez años por lo menos.

En la mente de Cienfuegos revoloteaba un murciélago negro de anchas alas. Era la duda, y para buscar la verdad no necesitaba más que explotar la cuerda sensible de la mujer.

El cariño doblega las fieras; el cariño avasalla al ser humano. La mujer resiste a la vanidad, y al orgullo, pero cede a una palabra de amor.

—Mira *Asu*, de veras que estoy por creer en el milagro de tu Santo devoto, y te ofrezco una misa. Sabes que pienso confesarme…

—*Taita*, bendita sea la hora en que esto escucho –interrumpió doña Asunción empalmando las manos con santo regocijo.

—Yo voy a esperar a nuestro cura Peñas para hacerlo con él. Le estoy agradecido, malicio que él me ha hecho devolver unos papeles que se me perdieron, que eran de compromiso, y… ¡me ha salvado!

—Sí Valentín, sí, él ha sido, es preciso que lo sepas, porque con todo sigilo, yo los he puesto en tu gaveta según el *tata* me dijo.

Don Valentín brincó al oír esto como picado por un áspid; sin embargo se contuvo, y preguntó:

—¿Tú, Asunción, tú?

—Si hijo ¡*guá*! ¿y por qué te había de mentir?

—¿En qué cajón pusiste esos papeles?

—En el segundo de la derecha.

—¿Cuándo?

—Al regresar de Rosalina, porque allá me los entregó para traerlos.

—Entonces no era embuste de Antonio, ¡y yo he perdido a Antonio! –dijo Cienfuegos dándose una palmada en la frente, y continuó:

—¿Tú viste esos papeles?

—¡Ni por tentación, Jesús! ¿qué había de desobedecer al *taitito*? –repuso con calma ella, sin poderse explicar el cambio efectuado en el semblante de su marido, ni la violencia de sus últimas palabras y acciones.

En el cielo negro de las noches de conjunción cruza de improviso una cinta de fuego que alumbra los abismos de la tierra; así, en la mente de don Valentin, pasó un meteoro luminoso, y alumbrándole el escenario en treinta días a la redonda, le puso delante al cura Peñas alojado en su escritorio, encerrado ahí durante largas horas, y platicando a solas ya con doña Asunción, ya con Eulalia.

Y una mano misteriosa levantada en el espacio señalaba con el índice la frente del reo; la ancha frente del cura Peñas.

—¡Estoy en el infierno mismo! –exclamó don Valentín saliendo del estupor momentáneo, sin poderse dominar por más tiempo, y tomando a Asunción de un brazo la condujo hacia el escritorio, como puede llevar al indefenso ratoncillo el gato cazador, y la dijo con vehemencia:

—Aquí, *Asunta*, vas a confesarme todo; porque si no me hablas la verdad, si me engañas, mira, soy capaz… de matarte, mujer.

—Jesús! ¡Valentín, tú estás loco, Dios me ampare, loco! –repitió ella balbuciente, sin acertar a definir la mudanza realizada en el hombre que, habiendo llegado lleno de afecto, de ternura, de arrepentimiento, le ofrecía ahora la muerte.

—No estoy loco. Jamás estuve más en mi juicio, y tú vas a hablar la verdad, la verdad.

—¿Sobre qué, hombre?

—Sobre ese papel, y sobre el cura Peñas; porque ese papel ha salido de mi escritorio, de esta gaveta, y aquí nadie entra, nadie ha entrado sino tú y él.

—Bueno, cálmate, Valentín. Yo no soy capaz de engañarte –repuso ella humillada.

—¿Aquí lo pusiste, verdad, no? –preguntó Cienfuegos tirando la perilla del cajón número dos.

—Sí, ahí mismo.

—Y ¿quién lo sacó?

—Eso no puedo decirte. ¿Acaso no te he dicho ya que el *tata* me dio, para restituir, lo que quién sabe cuándo y cómo te hurtaron?

—Nada, él ha sacado ese pliego en los días en que estuvo aquí alojado, de visita, de petardo[224]...

—¡Cómo, Valentín! Semejante cosa es una blasfemia de hereje, y yo daría mi brazo a quemar para justificar al señor Peñas.

Estas palabras revelaron a Cienfuegos la inutilidad de su investigación con una persona cegada por el fanatismo, que acababa de declarar que iría al martirio, antes que comprender al señor Peñas; y apartando de sí a doña Asunción, con el mismo ademán del que arroja lejos el arma que conceptúa inútil para la lucha, porque le han vencido.

—Vete en paz –la dijo; y después de meditar por cortos momentos salió, tomó el caballo que aún permanecía ensillado, cabalgó y partió al galope en dirección de Rosalina, donde quería llegar con la presteza del cóndor que hiende los aires con el vigor de sus alas.

---

224 *Petardo*: (fig.) estafa, engaño; *pegar un petardo*, pedir prestado para no devolver.

XIV

—Dios guarde a usted, señor Subprefecto –dijo don Antonio descubriéndose ante el Mayor Quezada.

—Para servirle, amigo López. Aquí lo necesito por un asuntillo medio feo, así como la pasada que nos tiraron en Ingavi[225]. Siéntese pues, y use de franqueza ¿eh? –respondió el Subprefecto, señalando una silleta al recién llegado.

Este tomó asiento, colocó el sombrero sobre la falda asiéndolo del ala con ambas manos, y repuso:

—Con un veterano de los tiempos de la guerra magna, sí, con él es con quien se puede gastar franqueza en estos tiempos de los falsos amigos y de la moneda feble.

—Gracias, mi amigo. Y precisamente es de moneda de lo que vamos a tratar.

—¿Ha cambiado el tipo el gobierno triunfante? –preguntó con llaneza don Antonio.

—No, mi amigo, esas serían tantas pesetas para la patria –dijo don Cayetano, sin desprender su mirada de avanzada del rostro de López, y continuó –sabrá usted que he recibido un aviso, un aviso que, francamente, me habría dejado lelo, si no conociera a usted, don Antonio López.

—Explíquese más claro, señor Quezada.

—Está usted con una seria acusación encima.

—¿Yo?

—Usted.

—¿De qué? ¿Por quién?

—¿Por quién? eso es lo que falta averiguar y lo averiguaremos. ¿De qué?

---

225   Referencia a la derrota de Ingavi (18 de noviembre, 1841) donde murió el Mariscal Gamarra y fue tomado prisionero Ramón Castilla. Inmediatamente después de la independencia peruana se intentó formar una Confederación Peruano-Boliviana. Constituida la Confederación, Chile envió dos expediciones militares al Perú para derrotar al general Santa Cruz, un líder mestizo con sangre aymará, por considerar que éste podía convertirse en un peligro para sus intereses en el Sur. Santa Cruz derrotó a la primera incursión militar chilena, pero fue derrotado a su vez por Gamarra, un líder de ascendencia quechua por ese entonces Prefecto del Cusco. Nombrado presidente de los peruanos, Gamarra invadió Bolivia contando con la colaboración de los generales bolivianos Blanco y Loayza. Inmediatamente, José de Ballivián Segurola logró hacerse proclamar presidente de la República de Bolivia en medio del caos político que había determinado la existencia de tres Gobiernos; uno en Chuquisaca, presidido por José Mariano Serrano, otro en Cochabamba, y el de Ballivián, en La Paz. Ante el peligro de la invasión de Gamarra, los Bolivianos rodearon a Ballivián y se alistaron en sus ejércitos, que, situados en las llanuras de la altiplanicie de Ingavi, enfrentaron a los peruanos. El ejército de Gamarra fue aniquilado, éste muerto en el campo de batalla y Perú perdió buena parte de su territorio.

de fabricar moneda sin la ley ni la garantía del Estado, y usted queda detenido acá, así, como se encuentra...

—¿Cómo, señor, yo?

—No se dé prisa, amigo; iremos por partes –dijo el señor Quezada variando su primera intención.

—Sí señor; pero mi acusador... algún enemigo.

—Quién sabe, a uno le sale un enemigo entre ceja y ceja el día menos pensado, como salirle un *golondrino*226.

—¿Podría permitirme una pregunta?

—Dos también, señor López.

—¿Cuál es la forma de la acusación, señor Subprefecto?

—Es un papel que acabo de recibir por correo.

—¡Ah! ya sé entonces el origen –dijo don Antonio, ocultando con la risa una llamarada de cólera que subía a sus ojos.

—Mejor para usted; reconocido el enemigo se le toma cualquier flanco.

—Así es, señor, mi acusador debe ser el cura Peñas.

—¡Cómo! ¿Ese curita tan patriotero, que de capellán del *Charansimi* llegó a la silla de la catedral?

—Podrá llegar a Obispo y a Arzobispo también, señor Subprefecto; a todo se llega en el Perú con los tejidos de la política; pero ante Dios, ante mi conciencia y ante la conciencia de él mismo, no pasará de ser un miserable y muy miserable.

—Un miserable perpétuo ¡ja! ¡ja! ¡ja!

—Su risa me hace daño, señor...

—No lo tome por ofensa, señor López, que yo también conozco mi gente, y sé respetar a quien merece respetos. Yo presento armas al misionero, a ese hombre abnegado, verdadero apóstol, que despreciando el oro y los honores, consagra su existencia al prójimo; pero esos de olla y...

—Bien, señor, y por lo mismo, si usted presta oídos a la acusación que se me hace, si tiene alguna prueba en qué apoyarla, aquí estoy, a sus órdenes –terminó don Antonio aparentando la mayor resignación del mundo, lo que fue un golpe decisivo ante la determinación del señor Quezada, que creyó a López el ser más inocente y honrado salido de vientre de mujer, y le dijo:

—Pues, mi amigo, yo ¿qué iba a dudar de usted? Lo he llamado para cumplir con mi conciencia de autoridad, porque la orden general está en un anónimo, y en un anónimo se le puede echar pólvora al lucero del alba.

—Gracias, señor, no lo dudo. ¿Y podría ver ese papel?

—Sí, a veces disimulan mal la letra; y el que es perito puede dar con la barricada y tumbar al sujeto. Aquí tiene usted el *pax Christi* –dijo alargándole el papel, que don Antonio tomó con manifiesta curiosidad, y apenas hubo repasado dos renglones, palideció visiblemente, su brazo comenzó a temblar, y presa de la indignación dijo:

226 *Golondrino*: forúnculo, tumor infectado.

—¡No señor! no es el cura Peñas. Esto viene de más cerca, aquí está la mano de un amigo que ayer no más estrechaba mi mano y se sentaba conmigo a la mesa...

—Buena laya de amigo! –interrumpió don Cayetano; pero López, sin reparar casi en la observación, continuó acercándose al Subprefecto y dejando rodar por el suelo su sombrero.

—Sí, estas erres, esa c y las eses...sí... y está escrito esto con la mano izquierda ¿no repara usted? Fíjese usted en los perfiles, vea este rasgo.

—No le falta a usted razón. Cuando copiábamos Táctica, sobraban aprendices de la *zurdalogía* con ese rasgo, sí, el mismito.

—¡Apenas puedo creerlo!

—¿Y quién es el moro? Si usted lo probase, en guardia y a discreción soplaba en la cárcel al zurdo. Sí, mi amigo. La calumnia tizna, y se va haciendo una necesidad de ordenanza el corregir a los *tizoneros*.

—Esa es la verdad. Pero señor Mayor, créame, tiemblo como un niño para pronunciar el nombre del que ha querido perderme, arrojando sobre mi frente el lodo que tal vez sobra en la suya.

El eco de unos pasos acelerados repercutió en la sala subprefectural.

Callaron ambos personajes y dirigieron la vista hacia la puerta.

XV

Para los corazones que sufren angustiados por la incertidumbre, las horas trascurren con lentitud abrumadora.

Los punteros del reloj de pared del cuarto de Eulalia parecían paralizados; la campanilla había enmudecido porque, después de tantas vueltas, de sentarse y echarse en el canapé y volver a la actitud meditabunda, apenas se oyó una sola vibración que marcaba las cinco y media de la tarde.

Aún repercutía en el sistema nervioso de la señora de López ese campanillazo del reloj, duplicando las congojas de su alma delicadamente preparada por los sufrimientos que, por decirlo así, habían afinado la índole buena de la mujer, cuando otro ruido vino a comunicar nueva agitación a su espíritu.

Las pisadas de un caballo con herraduras resonaron en el patio, y a éstas sucedió el sonido de los pasos de un hombre que, echando pie a tierra, se dirigía hacia las viviendas particulares del señor López.

Tocó la puerta con golpes acelerados, y penetró casi sin esperar respuesta.

—Señora, estoy a sus pies ¿y Antonio?

—Señor Cienfuegos, Antonio hace un siglo que falta de casa; fue llamado por el Subprefecto y aún no ha vuelto. Don Valentín, yo temo un conflicto; sí ¡tal vez usted pueda salvarlo! Temo la venganza del cura, temo que ese pliego número 3...

—Señora ¿usted vió ese fatídico papel?

—Sí señor, lo tuve en mis manos, lo habría destruído; pero el infame me lo arrebató...

—¿Quién, señora, quién?

—El cura Peñas.

—Pero ¿quién puso en sus manos el pliego?

—El cura Peñas.

—¡Cómo! No me lo explico.

—Acabará usted de explicárselo, don Valentín, porque yo soy una mujer honrada, a pesar de todo lo que ha pasado en la apariencia.

—Menos la entiendo. ¡Vive Dios!

—Yo fui feliz mientras Antonio era todo para mí, y yo para él. Pero un día fui llamada al confesonario, y allá donde debí hallar paz encontré desventura.

—Señora, me abruma la revelación de usted.

—¡Sí, señor! es preciso decírselo a usted...

—Señora...

—El cura Peñas robó mi felicidad. No sé si puedo decir que llegué a amarle; hay sentimientos que se confunden; pero cuando quiso ir por la honra y el nombre...

—Usted abofeteó...

—¡No! prevaleció mi índole, porque me sentí débil para el crimen y fuerte para la virtud.

—Y...

—Y ese día, poniendo en la picota mi amor mismo al hombre con quien me ligó el afecto desde niña, quiso explotar mi sacrificio de mujer, me presentó el pliego acusador, y me dijo: "elige: o cedes o se pierde él".

—¡Infame!... ¡la cabeza me arde!

—Y ahora creo que él perderá a mi adorado Antonio; creo que moriremos los dos, porque la pérdida de la honra es la muerte del ciudadano!

Las lágrimas anudadas en la garganta cortaron la palabra de Eulalia, y Valentín, sin poderse dominar, dijo:

—Imposible, imposible! Señora, confíe usted en mí, yo sabré salvarlo!

Y salió como un alienado con todos sus cálculos desconcertados, tomando la dirección de la casa subprefectural.

XVI

El sujeto que apareció en la puerta del salón de la autoridad, y que distrajo al señor Quezada y a López de sus investigaciones, no era otro que don Valentín Cienfuegos.

Saludó todavía confundido y pavoroso y, sin esperar iniciativa, comenzó un diálogo cuyo final debía ser desastroso para él.

—Señor Subprefecto, acaban de noticiarme que usted ha recibido un anónimo acusando a don Antonio.

—¿Y quién te ha dicho eso?

—¿Y cómo lo sabe usted? —preguntaron consecutivamente don Cayetano y el señor López. Desconcertado entonces por tan simple pregunta, casi no se atrevió a contestar; pero, al fin, balbuceó:

—Esa es voz que corre en el pueblo todo.

—¿Se dice, no? —dijo con sorna el Mayor.

—Más claro, Valentín, di que tú has escrito ese anónimo, y por lo menos quedarás como hombre delante de dos caballeros —insinuó don Antonio López, revistiéndose de calma tal que heló la sangre en las venas de Cienfuegos inundando su cobriza frente de frío sudor.

—Sobre la marcha, aquí, amiguito, usted va a escribir acá —dijo el Subprefecto buscando la pluma escondida entre los papeles de la mesa y presentando papel a don Valentín.

—Ni necesidad hay de eso, señor Subprefecto; ahora yo lo acuso de frente como a calumniante —dijo López con entereza.

—Antonio!

—¡Valentín! Has procedido como un miserable, traicionero por el instinto de la inferioridad.

—Podré explicarme contigo, Antonio, y estoy seguro de tu perdón…

—Aquí no se trata de Magdalenas, mi amiguito; la ley ha sido ultrajada y a la ley ¡*presente!* Usted queda detenido aquí. Ahora puede usted retirarse, señor López, que el relevo llegó con santo y seña –dijo riendo el veterano.

—No puede ser eso, señor.

—Supongo que no darás muestras de cobardía como acabas de dar lecciones de infamia.

—Antonio, reflexiona.

—Estoy resuelto a todo.

—Mira que he venido a salvarte.

—Creyéndome niño de teta, señor Cienfuegos, para repetirme donde digo digo, no digo digo sino Diego –observó la autoridad.

—¡Señor Quezada!

—¡Caballerito anonimista!

—Te habría ahorrado este momento; pero has venido a entregarte.

—Cabales, voluntario del regimiento que abunda en estos pueblos sin moral ni ley.

—Señor Subprefecto, por lo menos que conste que no soy yo el autor de toda esta trama tan amarga de la cual espero librarme. El cura Peñas, ese hombre fatídico, cuervo de los cementerios vivos, dueño y señor de nuestros hogares, dominador de las esposas…

—Buena es la hora para sermones, amiguito; por eso yo no me caso. Pero queda usted preso.

—Señor, si usted me da su permiso yo podré retirarme y le daré datos preciosos –dijo el señor López despidiéndose.

A la salida encontró a Mr. Williams que, entre tumbo y tumbo, buscaba el despacho de licores de la Cinta Blanca y, llegándose a don Antonio, le dijo:

—Bueno, caballera, yo necesitar una peso para una trago.

—Toma y no vuelvas a casa –contestó don Antonio alargándole un cuatro de la Confederación[227].

---

227   *Cuarto de la Confederación*: moneda acuñada por el gobierno de la Confederación Peruano-Boliviana.

XVII

Era ya de noche: una noche semejante a las de abril, tranquila y silenciosa.

El cielo, al principio de un azul oscuro, casi negro, cruzado aquí y allá por estrellas errantes, fue perdiendo la tenebrosidad a la par que se desvanece el dulce aliento del anochecer.

Los gorriones y las palomas torcazas, recogidos en su rama favorita o en el tibio nido del amor, fabricado paja por paja, palillo por palillo, se balanceaban imperceptiblemente al tenue empuje de un vientecillo cargado de olores silvestres; y una hora después nido y ramajes dibujaban caprichosas siluetas a la sombra de la luna, ese gran disco de plata puesto en el último escalón del trono de Dios, para alumbrar el oscuro planeta, y para recibir las confidencias de los corazones que sufren por el amor o lloran por la ausencia.

En el solitario caserío de Rosalina, donde semanas antes atronaron las paredes los festejos de las bodas de Ildefonso y Ziska, dueños y señores ya de su felicidad, se encontraban hacinados baúles y maletas para la final despedida de la familia de López.

La blonda cabellera de Eulalia estaba salpicada de hilos de plata, brotados casi en una noche de insomnio, y sus mejillas pálidas no daban ni indicio de que antes fueron carrillos de terebinto con la frescura de los claveles de mayo.

Don Antonio, que desde la entrevista con el Subprefecto se había vuelto completamente serio y meditabundo, tenía frecuentes excitaciones nerviosas en que hablaba solo, volviendo sin trabajo a la aparente tranquilidad de la vida. En uno de aquellos momentos sacudió la cabeza y, en medio del desvarío, repitió con calor las palabras de un sabio:

—"¿Pretenden apagar la luz de la razón dominando a la mujer en el confesonario?...¡Alúmbreles el rayo¡ ¡El rayo es la verdad!"[228]

Y después, dando expansión a su honda pena en un prolongado suspiro, se llegó a Eulalia para interrogarla.

—¿Has meditado bien, hija mía? mañana saldremos de aquí para no volver más.

Ella, por toda respuesta, levantó hacia él los hermosos ojos inundados con la savia de su alma y juntó sus manos en ademán de súplica. Eulalia no podía dejar de ser mujer. La ternura inundaba su alma y bullía en su corazón y en su cerebro la dolorosa realidad de cómo los errores de los hombres alcanzaban a desprestigiar la doctrina en que ella creyera y esperara. Estaba rendida por el dolor que purifica, su frente irradiaba una aureola de luz, pero no se atrevía ya a razonar con don Antonio que, al contemplar su melancólico silencio, la dijo:

—¡Pobre esposa mía! La humanidad se regenera por el conocimiento del supremo Bien, que es Dios; por el arrepentimiento de los errores y por la práctica de la virtud. La Religión, Eulalia mía, no es la sierpe que se arrastra gozando en las tinieblas obligándonos a mirar abajo, siempre abajo; es el águila caudal que cruza el espacio azul, que nos hace levantar la frente alta, siempre alta para fijar la mirada en los cielos y escuchar la dulce voz que dice: fe, esperanza, caridad.

—Por eso Cristo murió en la cima de un elevado monte.

—Cierto.

—¡Perdonemos por Dios todo el mal que nos han hecho! ¡Antonio!... ¡Perdonémoslos!... –dijo ella con esa humildad encantadora, principal poderío de la mujer en quien comenzaba la crisis fisiológica del alma.

—Yo también fui delincuente... ¡ah!... soy tuyo...tuyo para siempre.

—Perdóname otra vez, Antonio mío, para que tus palabras refresquen mi espíritu. ¡Yo vuelvo al hogar con la planta llagada en el camino que hice sola sin ti!

—Dios es el Juez del hombre.

—¡Soy tuya para siempre!

—¿Nadie entre los dos?

Y se juntaron sus labios mojados por una lágrima cristalina que, evaporándose en la tierra, subió hacia el cielo.

Y los ángeles tutelares del hogar, al son de sus liras de marfil, dijeron: dichosos los que vuelven al reino del amor y de la virtud llevados por su buena INDOLE.

FIN

---

[228] Michelet (nota de CMT). La Autora se refiere a Jules Michelet (1798-1974) catedrático del departamento de Historia en el Colegio de Francia. Escribió *Historia de Francia*, *Historia de la Revolución Francesa*, *La historia del siglo XIX*, *Cursos de educación social*, y *La Biblia de la Humanidad*.

Thank you for acquiring

Indole

from the

Stockcero collection of Spanish and Latin American significant books of the past and present.

This book is one of a large and ever-expanding list of titles Stockcero regards as classics of Spanish and Latin American literature, history, economics, and cultural studies. A series of important books are being brought back into print with modern readers and students in mind, and thus including updated footnotes, prefaces, and bibliographies.

We invite you to look for more complete information on our website, **www.stockcero.com**, where you can view a list of titles currently available, as well as those in preparation. On this website, you may register to receive desk copies, view additional information about the books, and suggest titles you would like to see brought back into print. We are most eager to receive these suggestions, and if possible, to discuss them with you. Any comments you wish to make about Stockcero books would be most helpful.

The Stockcero website will also provide access to an increasing number of links to critical articles, libraries, databanks, bibliographies and other materials relating to the texts we are publishing.

By registering on our website, you will allow us to inform you of services and connections that will enhance your reading and teaching of an expanding list of important books.

You may additionally help us improve the way we serve your needs by registering your purchase at:

http://www.stockcero.com/bookregister.htm